LIGHTFOOT
THE DEER

鹿莱特富特

[美]桑顿·W.伯吉斯 著　　王宝 译

中国画报出版社·北京

图书在版编目(CIP)数据

鹿莱特富特 /(美)伯吉斯著;王宝译. -- 北京:中国画报出版社,2018.4
 ISBN 978-7-5146-1496-1

Ⅰ.①鹿… Ⅱ.①伯… ②王… Ⅲ.①童话—美国—现代 Ⅳ.①I712.88

中国版本图书馆CIP数据核字(2017)第321207号

鹿莱特富特

[美]桑顿·W.伯吉斯 著　王宝 译

出 版 人：于九涛
责任编辑：赵　菁
版式设计：詹方圆
责任印制：焦　洋

出版发行：中国画报出版社
地　　址：中国北京市海淀区车公庄西路33号　邮编：100048
发 行 部：010-68469781　010-68414683（传真）
总编室兼传真：010-88417359　版权部：010-88417359

开　　本：32开（787mm×1092mm）
印　　张：6
字　　数：69千字
版　　次：2018年4月第1版　2018年4月第1次印刷
印　　刷：三河市文通印刷包装有限公司
书　　号：ISBN 978-7-5146-1496-1
定　　价：25.00元

出版说明

为了使读者朋友们全面了解这套动物小说，特作如下说明。

关于作者：桑顿·W.伯吉斯（1874—1965）是美国国宝级儿童文学大师，世界三大动物小说大师之一。另外两位动物小说大师是欧内斯特·汤普森·西顿和亚瑟·贝雷。

桑顿·W.伯吉斯的动物小说主打"温情"，欧内斯特·汤普森·西顿的动物小说主打"悲情"，亚瑟·贝雷的动物小说主打"恩情"。三种动物小说风格各异，蔚为大观，共同构成了20世纪前半叶世界动物小说的美丽画卷，促成了20世纪50年代后动物小说流派的开枝散叶和开花结果。动物小说创作的兴起和发展，赖此三子；动物小说的受欢迎和热销，亦赖此三子！

1874年2月14日，桑顿·W.伯吉斯生于马萨诸塞州的桑威奇。同年，他的父亲病逝。从此，他与母亲相依为命，母子二人生活清苦。童年时，他就放牛，摘野草莓，收野浆果，从池塘里运水莲，卖糖果，抓麝鼠……

桑顿·W.伯吉斯的第一位雇主是威廉·C.奇普曼。威廉·C.奇普曼的居住地遍布森林和沼泽，是野生动物生活的天堂。优美的环境深深地印在小伯吉斯的脑海里,后来激发了他无限的创作灵感。他的作品中的许多地点,譬如哈哈溪、微笑池塘、格林森林、格林牧场、蔷薇丛等,莫不与其童年的经历有关。

1891年,桑顿·W.伯吉斯毕业于桑威奇高中。1892年到1893年,他在波士顿一所商科学校短暂学习过一段时间。不过,他对商科不感兴趣,一心想成为作家。最后,他选择了菲尔普斯出版公司(Phelps Publishing Company),担任编辑助理。

1905年,桑顿·W.伯吉斯与妮娜·奥斯本喜结连理。遗憾的是,一年后,妮娜·奥斯本去世了,留下一子。据说,桑顿·W.伯吉斯之所以创作动物小说,是因为他想通过给儿子讲故事,陪儿子长大。1911年,桑顿·W.伯吉斯再婚。他的妻子叫范妮。范妮结过一次婚,嫁给桑顿·W.伯吉斯时已经是两个孩子的母亲了。1925年,夫妇二人在马萨诸塞州的汉普登买了一所房子。桑顿·W.伯吉斯在这里一住就是三十二年,直到1957年。其间,他常回桑威奇。他经常说,桑威奇是他的精神家园。桑威奇的经历,桑威奇的熟人,都强化了他的创作志趣,促进了他的文学风格的形成。五十年来,他笔耕不辍,著作等身,其中出版的动物小说就达一百七十种,为日报专栏写的动物小说故事就更多了,超过了一万五千篇。1960年,桑顿·W.伯吉斯最后一本书《业余自然主义者自传》(*Autobiography of an Amateur Naturalist*)面世,讲述了他从懵懂顽童走向文学生涯巅峰的故事。1965年6月5日,桑顿·W.伯吉斯病逝,享寿九十一岁。

关于作品: 本次出版桑顿·W.伯吉斯的作品共十二册,分别是《快乐的松鼠杰克》、《兔子彼得夫人》、《狐狸奶奶》、《猎犬鲍泽》、《大熊巴斯特的双胞胎》、《麝鼠杰里在微笑池塘》、《乌鸦布雷奇》、《水貂比利》、《小水獭乔》、《森林鼠怀特富特》、《长腿苍鹭》和《鹿莱特富特》。每本书都以一个小动物为主题，讲述了跌宕起伏的冒险故事，演绎了"温情"这个主旋律。无论主角还是配角，都向往"公平"和"友好"。大自然母亲，西风妈妈和她的孩子们——快乐的小微风，太阳公公，月亮婆婆，北风哥哥和冰霜杰克等配角莫不如此，更不用说快乐的松鼠杰克等主角了。此外，伯吉斯将"环保理念"融入了小说。随着伯吉斯动物小说影响的不断扩大，"环保理念"进入千家万户，积极地推动了20世纪50年代后环保主义、自然保护主义和可持续发展主义的兴起。

关于版本：本书依据纽约格罗塞&邓拉普（GROSSET & DUNLAP）出版公司的版本翻译而成。

关于丛书的影响：（一）多语种出版，全欧美畅销。桑顿·W.伯吉斯生前及去世后，其作品被翻译成德语、法语、意大利语、西班牙语、瑞典语、盖尔语等十多个语种，据说，总销量已经超过一亿册。（二）桑顿·W.伯吉斯的作品中的主角"兔子彼得"（由哈里森·卡迪创作）与比阿特丽克斯·波特创作的"彼得兔"一争高下。桑顿·W.伯吉斯说："比阿特丽克斯·波特创作的'彼得兔'形象名扬全世界，而我和哈里森·卡迪创作的'兔子彼得'同样深入人心。"（三）自然广播联盟近五十年大力推荐，美国三十个州数千万人受益匪浅。从1912年开始，桑顿·W.伯吉斯通过自然广播联盟播出他的动物小说，美国三十个州数千万人收听，深受父母和老师们好评。（四）推进动物小说在美国的普及，桑顿·W.伯吉斯荣膺"世界三大动物小说大师之一"的美誉。五十年辛苦不寻常，他的"温情"动物小说与世界另外两位动物小说大师西顿和贝雷的作品分庭抗礼，不分伯仲。（五）促进了环保理念在美国上下的普及。《迁徙性野生动物保护法》诞生，桑顿·W.伯吉斯功不可没。以保护土壤为目标的"格林森林俱乐部"（The Green Meadow Club）和以保护野生动物为目标的"睡前故事俱乐部"（The Bedtime Stories Club）的成立，离不开桑顿·W.伯吉斯的努力。（六）荣获波士顿科学博物馆（Museum of Science, Boston）金奖和永久性野生动物保护（Permanent Wildlife Protection Fund）特殊贡献奖两项大奖。

关于译者：本书译者为西安科技大学李黎老师与王立言老师、兰州交通大学的王宝老师与赵娟丽老师、陇东学院的韩晓老师以及资深翻译王清老师。其中，李黎老师翻译了《快乐的松鼠杰克》《兔子彼得夫人》，赵娟丽老师翻译了《水貂比利》《麝鼠杰里在微笑池塘》《长腿苍鹭》，王宝老师翻译了《乌鸦布雷奇》《大熊巴斯特的双胞胎》《森林鼠怀特富特》《鹿莱特富特》，王立言老师翻译了《猎犬鲍泽》，韩晓老师翻译了《小水獭乔》，王清老师翻译了《狐狸奶奶》……各位老师治学严谨，译笔优美，为确保本书的质量奉献良多。在此，深表敬意。

尽管出版前我们做了许多工作，然而不足之处实难避免，欢迎读者朋友们批评指正。

目　录

第一章 兔子彼得遇见了鹿莱特富特……002

第二章 鹿角是怎样长出来的……014

第三章 恐惧……020

第四章 捉迷藏……030

第五章 鹿莱特富特与猎人斗智斗勇……038

第六章 鹿莱特福特聪明的花招……046

第七章 鹿莱特富特去见河狸帕迪……054

第八章 三个观察者……066

第九章 松鸦塞米来了……074

第十章 猎犬出动了……084

第十一章 鹿莱特富特跳进了大河……090

第十二章 未知的危险总比已知的危险要好些……098

第十三章 这里不许猎鹿……104

第十四章 猎人埋伏在老牧场……110

第十五章 松鸦塞米的猜测……118

第十六章 狩猎季节结束啦……124

第十七章 一个像树枝的东西游了过来……130

第十八章 惊人的发现……138

第十九章 灌木丛里的倩影……144

第二十章 情敌……152

第二十一章 松鸦塞米传消息……158

第二十二章 决斗……166

第二十三章 收获爱情……172

第二十四章 最糟糕的事情有时会变成最美好的事情……178

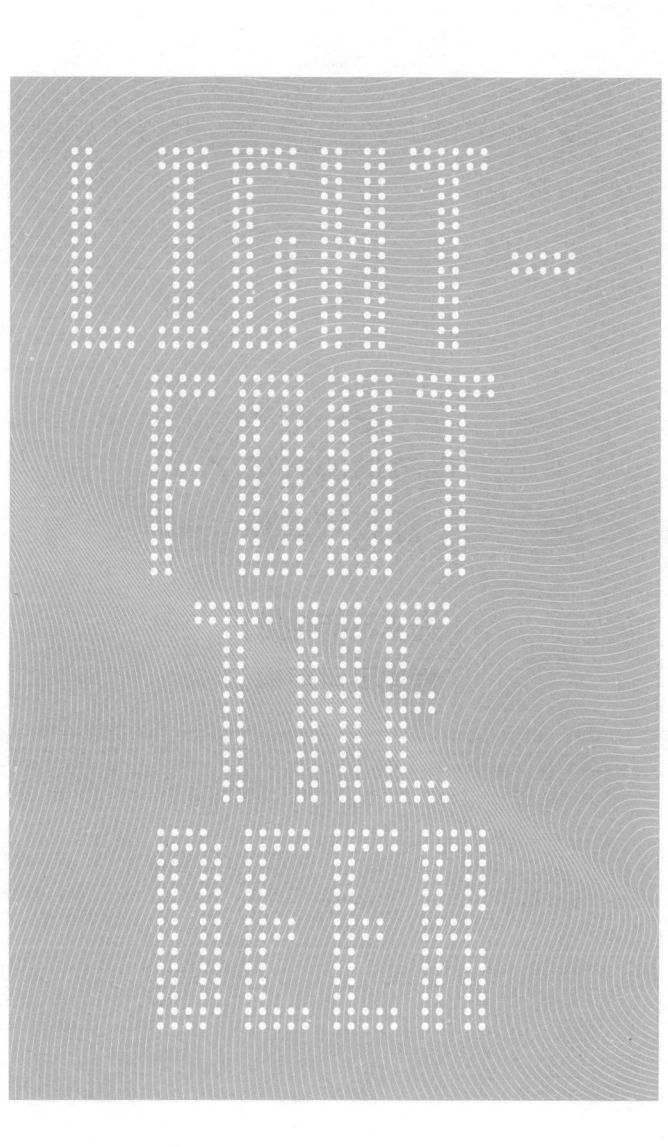

第一章
兔子彼得遇见了鹿莱特富特

海水不能斗量,
鹿也不可貌相。

河狸帕迪的池塘在格林森林的深处。一天，兔子彼得正从那里往回走，路上，看到了野鸭先生和野鸭太太。他们即将踏上飞往遥远南国的旅程，那可是一段漫长而艰难的旅程啊。启程之前，他们准备先到大河短暂休整一下。离别总是令人悲伤的，尤其是这次，兔子彼得觉得嗓了眼儿中堵着什么东西，那是一种奇怪的、让人喘不过气来的感觉。

兔子彼得咕哝着说："如果我确定他们明年春天还会回来，我的心情就没这么糟糕了。都怪那些可怕的猎枪，我知道不得不小心提防它们是种什么样的感觉。从前，农夫布朗的儿子用一杆枪猎捕过我，但他现在不会了。就算他猎捕我，我的遭遇和野鸭的一比也不算什么。如果睁大眼睛，张开耳朵，我就能辨别有没有猎人靠近，可以随时藏到洞里去。我从来不用为自己的三餐担忧。但对野鸭来说，情况要糟糕一千倍。他们在长途旅行期间必须吃东西，并且只能在有生长着适合他们的食物的地方进食。猎人们知道那些地方，他们提前藏在那里，等待野鸭到来；而野鸭却没法知道是不是有猎人在等着。那不算是捕猎，那是……"

"喂，怎么了？你在那儿一个人说什么呢，兔子彼得？"

兔子彼得吓了一跳，抬起头，看到鹿莱特富特睁着一双温和而美丽的大眼睛，从一棵低矮的小铁杉树树顶往下瞅着他呢。

兔子彼得喊道："太可怕了！比不公平还可怕。他们根本没有任何机会。"

鹿莱特富特回答道:"如果你这样说的话,那我认为事情肯定就是这样的。不过,你或许应该告诉我,究竟是什么那么可怕。"

兔子彼得咧嘴一笑,然后开始给鹿莱特富特讲野鸭先生和野鸭太太在前往遥远的南国以及春天返回时一路上要面对的困难,而所有一切都拜那些讨厌的猎人所赐。鹿莱特富特倾听着,那双温和的大眼睛里充满了对野鸭一家的同情。

鹿莱特富特说:"我希望他们没事,但愿春天的时候他们可以回来。一年被猎人追捕一次已经够糟糕了,这一点没有人比我更清楚;但春天和秋天都要被追捕,那就更是说不出的苦了。人类真是奇怪的动物,我一点儿也不理解他们。格林森林的小居民中没人会做出这么残忍的事。尽管我从未捕过猎,但我想,为了得到足够的食物去捕猎,倒也无可厚非。可是,如果仅仅为了玩乐去捕猎——似乎这就是人类这么做的目的——那我就无法理解了。我感觉，问题的关键在于，人类从来没有被猎捕过，他们体会不到那种感受。有时我想，我哪天也去猎捕一个人，给他一个教训。你笑什么呢，兔子彼得？"

兔子彼得回答道："笑你要猎捕人类的想法。我理解你的心情，莱特富特，可你胆子小，性格又温和，你吓不到任何人的。虽然你个头儿比我大，我却不怕你。"

鹿莱特富特敏捷地一跃而起，跳到兔子彼得面前。他跺着美丽的蹄子，低下漂亮的脑袋，锋利的鹿角直指兔子彼得，脖子后面的毛立了起来，作势要用角刺兔子彼得。那双彼得一直认为非常温和的眼睛，此时似乎要喷出火来。"啊！"兔子彼得惊慌失措地喊道。在他那愚蠢的小脑袋意识到鹿莱特富特只是假装要刺他之前，他已经跳到了一边。

鹿莱特富特咯咯地笑着，问道："你不是说我吓不到任何人吗？"

兔子彼得结结巴巴地说："我……我不知道你看上去也能这么凶狠。你把你的角像刚才那样刺向别人的时候，它们看起来确实很危险。哎呀——哎呀——我的天哪！它们上面挂着的是什么东西？看起来像旧皮毛碎片——你撕扯过谁的皮毛吗，莱特富特？"这个时候，兔子彼得好奇不已地问，两只眼睛瞪得圆圆的。

兔子彼得迷惑不解地盯着鹿莱特富特，又一次问道："你经常撕扯某个动物的皮毛吗？"他一直相信鹿莱特富特与自己一样温和、胆小，不会伤害别人。鹿莱特富特不会做出这样的事，但事实就摆在眼前，彼得还能怎么想呢？

鹿莱特富特缓缓地摇了摇头，说："不，我从来没有撕扯过别人的皮毛。"

兔子彼得问："那你鹿角上的像破布一样的东西

是什么呢?"

鹿莱特富特咯咯地笑了起来,解释道:"那是我新角上的绒毛留下的碎片。"

"那是什么?你说的新角又是什么意思呢?"彼得直直地坐起来,眼睛紧紧盯着鹿莱特富特的鹿角,就像他之前从来没有见过一样。

鹿莱特富特回答道:"就是我刚刚告诉你的。你觉得它们怎么样?我认为这是我拥有过的最好的一对角了。等我褪去这些绒毛碎片,它们将成为格林森林里最好看的鹿角。"

鹿莱特富特拿他的角摩擦着树干,挂在上面的一些绒毛碎片掉了下来。

兔子彼得使劲儿眨巴着眼睛,拼命去理解鹿莱特富特的话,但实在想不明白。

兔子彼得气愤地问道:"你在哄我吧?你究竟想编什么故事呢?你的意思是说,这些角不是我们认识时你头上的那一对了？像鹿角这么硬的东西怎么能生长呢？如果这是你新长出来的角，那旧角又去哪里了？给我看看旧角吧。或许这样，我就会相信这是新角了。现在，你竟然想让我相信鹿角可以像植物一样生长，真是太逗了。整个夏天，我常遇见奶牛波西，她那对犄角去年夏天就长在她头上了。真是的，哪有什么新角！"

鹿莱特富特耐心地解释道："你说得没错，彼得，奶牛波西确实是这样，她从来没有长过新的犄角，但那不能说明我就不能长新角，不是吗？她的犄角和我的角不一样哦。我每年都会换一对新的。夏天的时候，你并没有经常看见我，是不是，彼得？"

"是的，你说的没错。"兔子彼得一边回答，一边使劲儿回想上次见到鹿莱特富特是什么时候。

鹿莱特富特说道："我知道你没有。我之所以确定你没有，是因为我一直躲在一个你没有去过的地方。"

兔子彼得问:"你为什么要躲起来呢?"

鹿莱特富特回答道:"为了让我的新角生长。我的新角长好前我想独自待着。我不愿意给人看见我头上没有角,或者只有半对角的样子。而且,新角生长的时候,我会感觉很不舒服,我只想自己待着。"

鹿莱特富特说话的方式让人感觉他说的全是心里话,但兔子彼得还是不太明白。他不相信鹿莱特富特头上那漂亮的、巨大的鹿角能在一个夏天里就长成。他满是疑惑地问:"你把你的旧角放哪儿了?它们又是什么时候脱落的呢?"

鹿莱特富特回答道:"去年春天它们就脱落了,但我不记得掉在哪儿了。能摆脱它们,我真的太激动了,结果我都不记得它们掉哪里了。其实,它们开始松动的时候,我的感觉非常不好。我也不想再用它们了;我知道我的新角会更大,会更好。每一对新长出的角都要比去年的旧角大一点儿。"这时,鹿莱特富特又拿他的角蹭着树干,弄掉那些挂在上面的奇怪碎片。兔子彼得默默地看了一会儿,然后,又找到了新的怀疑对象,问莱特富特:"你还没有告诉我挂在角上的那些碎片是怎么回事呢?"

鹿莱特富特回答道:"看来你还是不相信我刚才和你说的话!我不想和不相信我的人说话。"

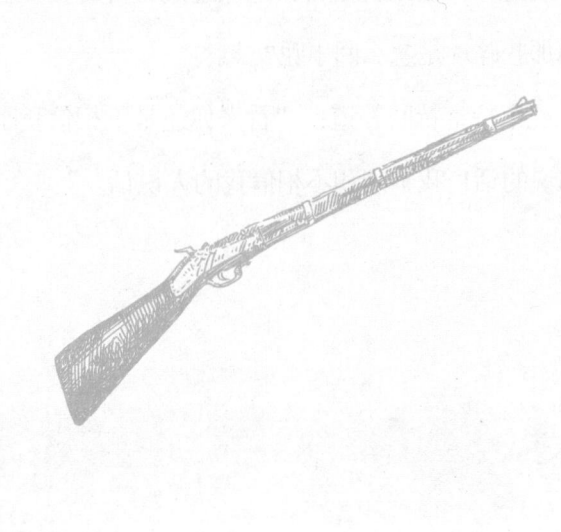

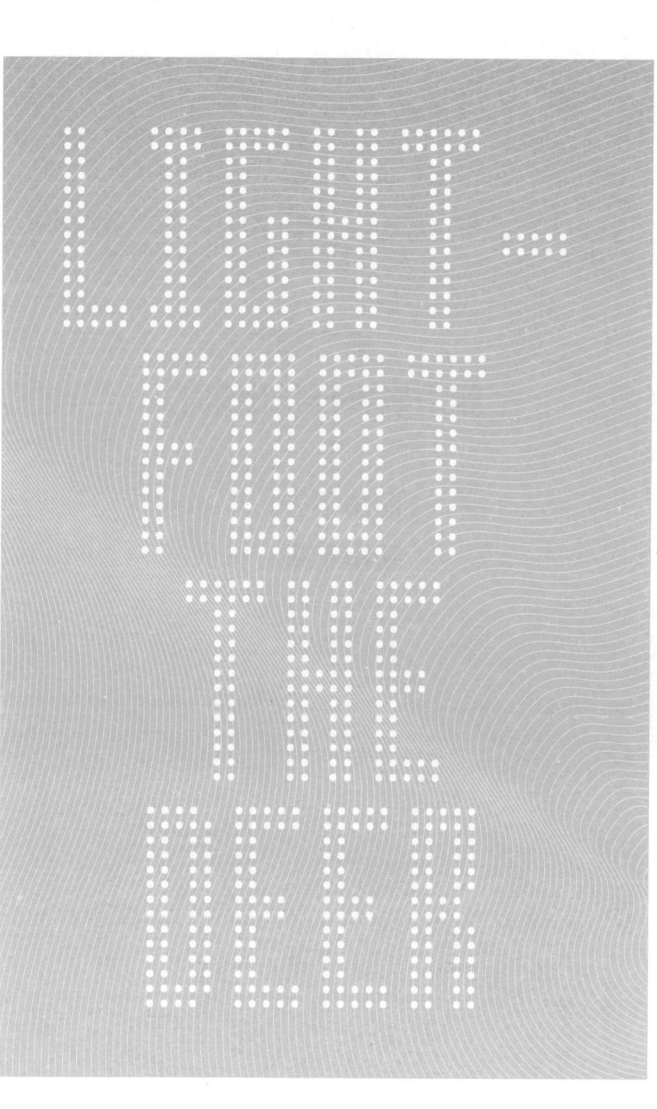

第二章
鹿角是怎样长出来的

旧角不去,
新角不来。

人们总是很难相信那些看起来不可能发生的事情。不过,你觉得不可能发生的事情,对别人来说,很可能是司空见惯的。所以,不能因为你无法理解某件事,就认定它不可能发生。兔子彼得很愿意相信鹿莱特富特所说的话,可他就是做不到。如果他见过那些旧鹿角,那就另当别论了。从去年冬天起,他就没见过鹿莱特富特。等他再次见到鹿莱特富特时,莱特富特已经换好了现在这对漂亮的鹿角。于是,兔子彼得既不相信旧鹿角脱落了,也不相信春夏间短短几个月内,脱落的地方又长出了新的鹿角。

兔子彼得一点儿也不怪鹿莱特富特,因为确实是他在怀疑鹿莱特富特说的话。现在,他低声下气地说:

"我已经尽量去相信了。"

"那都是真的。"一个声音突然插话道。

兔子彼得一蹦老高,转身看到了表兄野兔跳跳。他俩刚才没有看到跳跳,也没有听到他的脚步声。兔子彼得和鹿莱特富特说话时,野兔跳跳悄悄地走了过来。"你怎么知道这是真的呢?"兔子彼得有点儿生气,因为野兔跳跳吓着他了。

野兔跳跳道:"因为莱特富特的旧角脱落后,我见过它们。而且鹿莱特富特长新角的时候,我也经常遇到他。"

兔子彼得说道:"好吧!如果你说的这些都是真的,那我相信莱特富特所说的一切。"他向来比较崇拜他的表兄跳跳。"现在,莱特富特,请你告诉我,这些碎片是怎么回事,求你了。"

鹿莱特富特无法拒绝这个"请求"。他说:"就像我之前告诉你的那样,鹿角在生长的过程中,外面包裹着一层绒毛，可以护着鹿角。这些碎片就是那层绒毛留下来的。旧角脱落后不久，新角很快就长了出来。新角刚开始没有那么硬，和现在的一点儿也不一样。它们柔软又脆弱，血液像流经我们的身体一样流经它们。它们的上面覆盖着那种长有绒毛的皮肤，有点儿像薄的皮毛。角的末端也不像现在这样尖锐，而是又大又圆，就像按钮一样，根本就不像鹿角。它们让我的脑袋发热，感觉非常不舒服。这就是我藏起来的原因。对我来说，有时我感觉自己所有的力量都跑进了鹿角里。它们长得非常快，每天我都能从水中的倒影里看到它们比昨天又长大了一些。我不得不非常小心，以防它们撞到别的东西。一旦撞到，它们就会受伤，甚至有可能变形。当它们长到你现在看到的这个长度时，就开始收缩、变硬。末端的突出部分也开始收缩，直到变得尖尖的。一旦它们停止生长，血液就不流经它们了。它们变硬后就不脆弱了，之前包裹着它们的那层绒毛就会干裂。然后，我需要在大树上或灌木上把那层绒毛蹭掉。你看到的小碎片就是这样留下来的，过不了多久，我就会摆脱它们。到那时，如果需要的话，我就可以战斗了。除了人类，我谁也不怕。其实，只有人类带着可怕的猎枪时，我才会怕他们。"鹿莱特富特自豪地向后扬了扬脑袋，然后在离他最近的那棵树上摩擦那对奇妙的鹿角。

兔子彼得对野兔跳跳悄悄地说："他是不是很帅？除了鹿角，你有没有听说过可以在这么短的时间里长出来的东西？虽然这令人难以置信，但我想这绝对是真的。"

"确实如此。"野兔跳跳回答道，"我告诉你，彼得，如果莱特富特用鹿角指着我，就算我像人一样高大，我也会害怕的。你一直认为莱特富特胆小怕事，你真应该看看他生气的样子。他生气时，很少有谁敢面对他。"

第三章
恐惧

天气转凉,夜色清冷,
寒意弥漫,惧意深深。

这令人悲哀，奈何事实如此。秋季通常被称为一年中的悲凉之季。它确实是令人无比悲伤的季节，但本不该如此，这不是大自然母亲的初衷。大自然母亲的本意是让它成为令人开心的季节。在这个季节里，格林森林和格林牧场上的小居民们，刚刚从养家糊口的疲惫中解脱，刚刚放下教养孩子自立而产生的焦虑。这个季节食物充足，每个人都吃得胖胖的，无忧无虑。这个季节，大自然母亲想让所有的小居民开心。在寒冷的天气和艰难的时光到来之前，让他们没有什么值得担忧的事情。

但事实是，一个令人毛骨悚然的阴影潜行在格林牧场里，穿梭在格林森林中，给人一种恐惧的感觉。它潜入每一个隐蔽的地方，不管在哪儿，只要它发现有其他动物，都会让他打个寒颤。即使快乐的、圆圆的、明亮的太阳公公尽力散发着温暖的光芒，也无法驱散这份寒意。无论是晚上还是白天，这种感觉笼罩着格林牧场和格林森林的小居民们，他们无法放心睡觉，也难以安心吃饭。它迫使他们寻求新的藏身之处，然后又把他们从这些藏身之处赶出来。它让他们时刻准备着，听到一点儿风吹草动就马上飞走或跑掉。

兔子彼得坐在蔷薇丛边上，一边想着这个问题，一边望着格林森林。格林森林不再是绿油油的一片——它变成了五颜六色的地方。大自然母亲让冰霜杰克给枫树、山毛榉树、桦树、杨树和栗子树的叶子染色——杰克出色地完成了这份工作。红色、黄色和褐色与松树、云杉和铁杉的深绿色迥然不同，互相映衬，简直漂亮极了。这个季节的紫山呈现出比一年中任何其他季节都要柔和的紫色来，真的是美丽极了。

可是，兔子彼得根本无心欣赏这美景，因为那种感觉在蔷薇丛中也能体会到。彼得感觉到害怕了。这跟害怕狐狸雷迪、鹰雷德泰尔、猫头鹰胡提或老郊狼的感觉都不一样。虽然他们总想抓住他，但这不会让他整天胆战心惊。兔子彼得很聪明，完全可以轻易地逃脱。说实话，当他们偶尔惊到他时，确实会让他害怕；当他跳进离他最近的蔷薇丛，或者钻进他们无法钻进的空树干里时，他就不害怕了。但是，眼下这种冰冷彻骨的感觉却一刻也没有离开过他。

兔子彼得知道，无论是躲在杂草堆中的山齿鹑怀特、蹲在格林森林最茂密的荆棘丛里的松鸡太太、藏在树洞里的负鼠比利叔叔和浣熊博比、留在微笑池塘里的麝鼠杰里、住在树冠里的快乐松鼠杰克，还是就近隐蔽起来的鹿莱特富特，都和他有着一样的感觉，甚至连狐狸奶奶、狐狸雷迪、大熊巴斯特也不例外。

在彼得看来，不管你多么高大或者多么矮小，那种可怕的感觉似乎总是如影随形。

突然，"砰"的一声枪响从远处传来。兔子彼得吓得跳了起来，浑身抖个不停。他知道，其他动物跟他一样，听到枪响都会吓得跳起来，并浑身发抖。现在是那些带着可怕猎枪的人打猎的季节。本来，大自然母亲把一切都装扮得如此漂亮，给小动物们营造出一年中最开心和最无忧无虑的季节，人类却使格林牧场和格林森林里的小居民们恐惧不已。在大自然母亲尽最大努力把秋天变得漂亮的时候，人类却把秋天这个欢快的季节变成了一年中最悲伤的季节。

兔子彼得一边惊恐地从蔷薇丛往外看，一边对彼得太太说："我一点儿也不了解人类。他们看起来好像就是在找乐子，实际上，他们就是拿捕杀我们取乐。我一点儿也不了解他们。我觉得他们没有心。肯定是这个原因，他们没有心。"

松鸦塞米就是那个相信古老谚语"早睡早起"的智者。早晨,他不需要闹铃来叫醒,天一亮他就起来。他不会贪睡,因为在他看来,贪睡就是浪费时间。即使他想多睡会儿,他的胃也不允许他这样做——他醒来的时候总是饥肠辘辘。在这一点上,他与他的那些鸟类邻居们没有什么不同。

松鸦塞米非常爱干净。刚睁开眼睛,他就梳洗起来。梳洗完后,他开始寻找早餐。很早很早以前,松鸦塞米就发现,如果要去人类住的地方找东西吃,那最安全的时候就是大清早。在这个特别的早晨,他原本计划飞到农夫布朗家的院子,但在最后一刻他改变了主意,决定飞向另一个农场。当他可以看到那个院子时,发现院子的门开着,一个人走了出来。天太早了,松鸦塞米根本没料到有人会起这么早。你可以想象出此时的他有多么惊讶。

松鸦塞米落在院子附近的一个树冠上,喃喃低语道:"那个人起这么早做什么呢?"然后,他瞅见那个人的胳膊下面夹着什么东西。无需再看第二眼,他认出那是一杆枪!是的,那是一杆枪,一杆吓人的枪。"啊!"松鸦塞米惊呼起来,忘记了自己的胃还是空的。"大清早的,那个家伙要去找谁呢?他是去蔷薇丛找兔子彼得,去老牧场找狐狸雷迪,还是去找他一直想猎杀的松鸡夫妇呢?我想我还是看看再说吧。"

于是,松鸦塞米坐在树顶上,观察着那个猎人。他看到那个猎人径直向格林森林走去。松鸦塞米心里想:"我猜他是去找松鸡夫妇了。如果我知道松鸡夫妇在哪里,就可以飞去警告他们一声。"但松鸦塞米不知道他们在哪儿。他还清楚,要找到他们,得花费很长时间,所以,他想他还是继续考虑早餐的事情吧。就在这时,又一个想法跃入他的脑海——他想起了鹿莱特富特。

松鸦塞米看着猎人走进格林森林,然后悄悄地跟在猎人身后飞着。从猎人走的方向看,松鸦塞米认为他不是去找松鸡夫妇。"猎人要找莱特富特,绝对是这样的。"塞米咕哝着,"我应该去给他提个醒。我知道他在哪里。我相信我能提前警告他。"

松鸦塞米在他预想的地方找到了鹿莱特富特,急忙向莱特富特喊道:"他来了!带着可怕猎枪的猎人过来了!"

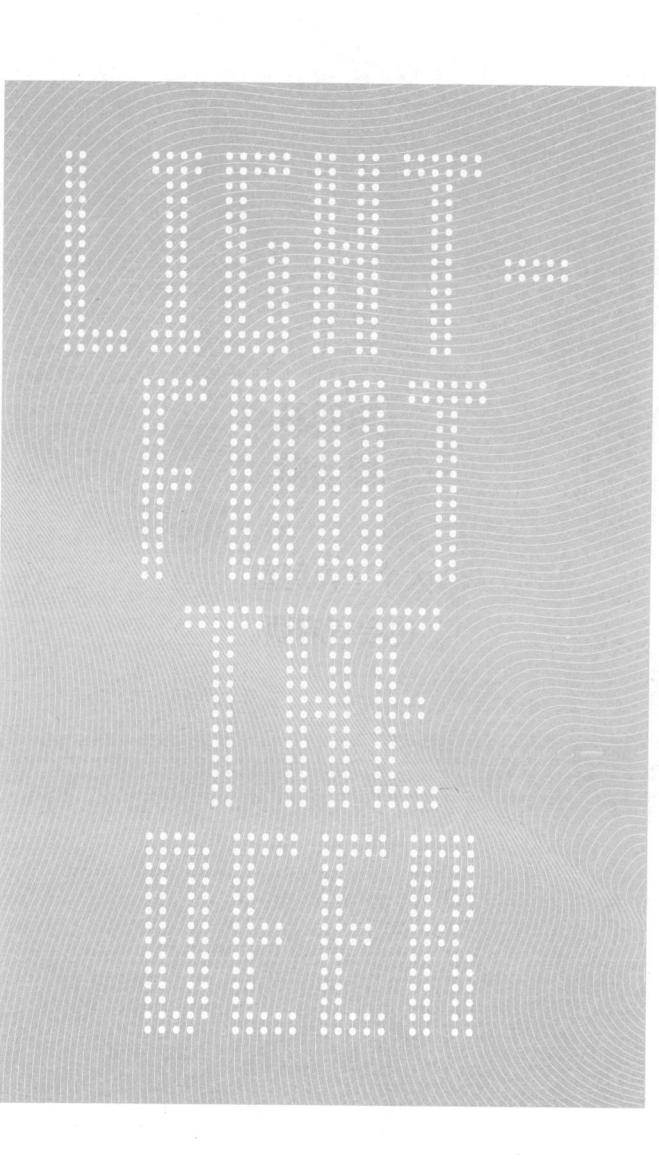

第四章
捉迷藏

大个子再厉害,
也会有麻烦。

田鼠丹尼和大熊巴斯特曾经玩过一个捉迷藏游戏。对田鼠丹尼来说，这是一个既可怕又艰难的游戏，但对于正在格林森林里与猎人玩这个游戏的鹿莱特富特来说，一开始并不算难。

　　在大熊巴斯特和田鼠丹尼的游戏中，田鼠丹尼只要不让巴斯特抓到就可以了。只要大熊巴斯特那双结实的大爪子够不到丹尼，丹尼就是安全的。另外，丹尼是个矮小的家伙，能躲到树叶下。不管在哪儿，他总能找到藏身的地方。在捉迷藏的游戏中，小小的体型是很大的优势，这毫无疑问。可是，鹿莱特富特体型很大，他是格林森林里体型最大的动物之一。他很难找到地方躲藏，而且，带着枪的猎人在远处就可以射中他。

听到松鸦塞米的警告，鹿莱特富特便开始准备对付即将到来的猎人。他老早就明白捉迷藏的规则。每年的狩猎季节他都得到不少教训，也牢记着每一个教训。他知道，如果忘记其中一个，他就有性命之忧。于是，他一动不动地站在一堆倒下的树干后面，仔细地听着动静，观察着周围。

很快，鹿莱特富特就听到远处的松鸦塞米喊道："小偷！小偷！小偷！"他松了一口气，知道松鸦塞米的喊叫声是为了提醒他猎人的位置。对鹿莱特富特来说，知道了猎人在哪里，就更容易决定自己该做什么了。

快乐的小微风在格林森林中悄悄穿梭着。他从鹿莱特富特身后走过，跳着舞跑向那个带枪的猎人。鹿莱特富特立刻行动，开始悄无声息地穿过格林森林。

他特别谨慎，不弄出任何响动。他以之字形路线逃跑，每跑几步，便停下来听听有无异样的声音，再用漂亮的鼻子嗅嗅空气里的味道，检验一下有没有危险的气息。你能猜到鹿莱特富特正在做什么吗？他正尝试着跑到猎人的背后，这样一来，快乐的小微风就能给他带来可怕的人类气味。就算鹿莱特富特看不到猎人，也听不到猎人的声音，但只要闻到猎人的气味，就能知道猎人在哪里。如果他还待在松鸦塞米找到他的那个地方，那么，在他确定猎人的位置前，猎人已经进入可以朝他开枪的射程了。

猎人带着可怕的猎枪蹑手蹑脚地穿行在格林森林里。他非常小心地迈着步子，以防踩断脚下的树枝。为了搜寻鹿莱特富特，猎人敏锐的眼睛扫过每一丛灌木以及其他可以藏身的地方。他甚至研究地面上的踪迹，以此推断鹿莱特富特是否到过那里。

在狩猎季节开始的那个早晨，如果你看到拿着可怕猎枪的猎人和鹿莱特富特，你或许会以为是鹿莱特富特在追捕猎人，而不是猎人在追捕鹿莱特富特。你瞧，莱特富特在猎人的后面，而不是猎人的前面。他跟在猎人的后面，以便跟踪猎人。只要他知道猎人在哪儿，他就会感到安全。

快乐的小微风是鹿莱特富特最好的朋友。当他们在格林森林里漫步时，总是将他们搜寻到的各种气味带给鹿莱特富特。鹿莱特富特灵敏的鼻子实在是太棒了，能够辨识所有气味，还能说出这是谁的气味或者是什么发出了这种气味。即使气味很微弱，莱特富特依然可以做到。尽管他已经好好利用了自己的大耳朵和漂亮的眼睛，但他更依赖鼻子来发现危险的兆头。因此，在狩猎季节外出时，他只迎着快乐的小微风吹来的方向走。他知道，快乐的小微风会提醒他注意那个方向上所有的危险信号。

现在，拿着可怕猎枪的猎人正在寻找鹿莱特富特。

猎人也知道上面说的这一点。在这方面，他和快乐的小微风、鹿莱特富特以及格林森林所有的小居民一样聪明。那天早晨，猎人刚进入格林森林，就首先确定了快乐的小微风吹来的方向。然后，他就往那个方向进发，因为他知道快乐的小微风会把他的气味带向身后的方向。要不是松鸦塞米发出了警示，在莱特富特得知他进入格林森林之前，他本来有更多的机会找到莱特富特的藏身之处。

当靠近莱特富特之前藏身的那片歪树丛时，猎人小心翼翼、慢慢悠悠地走了过去，手里紧握着猎枪，随时准备射击。一旦鹿莱特富特跳出来，他就会立刻开火。不久，他在松软的地面上发现了鹿莱特富特的足迹。研究过这些足迹后，他明白鹿莱特富特已经知道他来了。

猎人喃喃自语道："都怪那只讨厌的松鸦。鹿莱特富特听到他喊叫了，也知道那喊叫是什么意思。我知道鹿莱特富特干什么了——为了在我背后闻到我的气味,他兜了个圈子。这招挺精明的,但玩这个游戏需要两个人。我也来碰碰运气。"

于是,猎人也绕了一个大圈。现在,快乐的小微风带给莱特富特的气味中,没有了可怕的人类的气味。鹿莱特富特没法追踪猎人了。

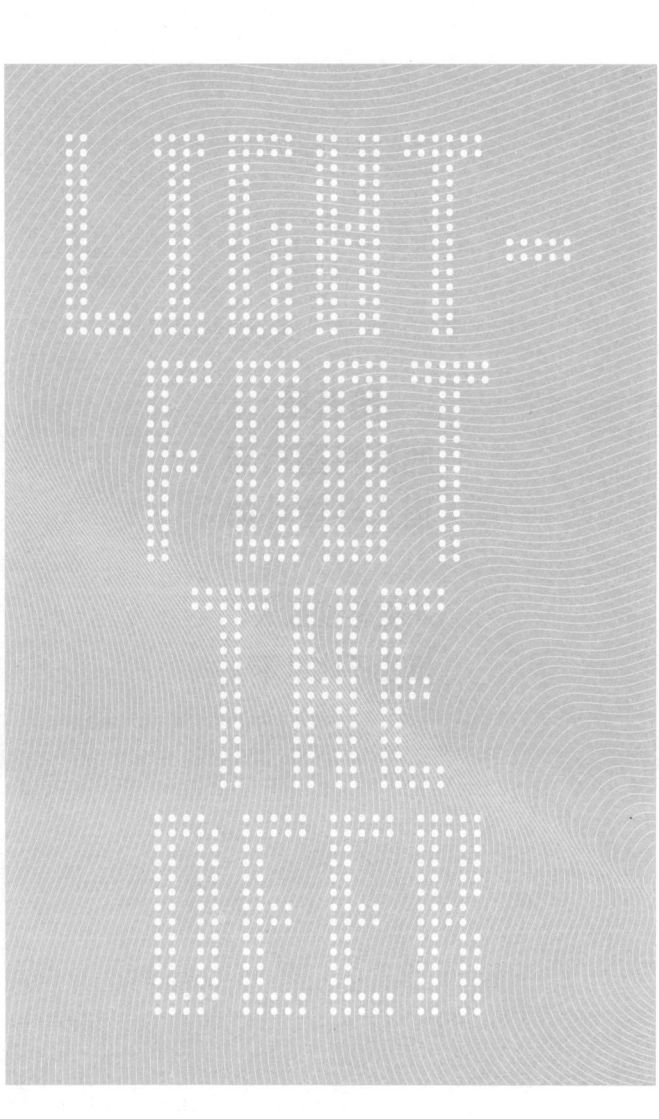

第五章
鹿莱特富特与猎人斗智斗勇

不要轻视敌人,
谁也不比谁笨。

在格林森林里，拿着猎枪的猎人和鹿莱特富特正在玩一个令人恐惧的游戏。这是一场智慧与智慧的较量。猎人想捕杀莱特富特，而鹿莱特富特想逃脱捕杀。多年的经验让鹿莱特富特有了很多对付猎人的方法；并且，他不会忘记其中任何一种。对猎人来说，他也很了解鹿。因此，双方都在竭尽全力揣摩彼此的心思。

猎人发现鹿莱特富特的藏身之处时，鹿莱特富特已经听到松鸦塞米的警示并离开了。于是，猎人循着莱特富特的足迹跟踪了一会儿。做这个事必须仔细，只有双眼受过训练、观察过细微东西的人才能胜任。你瞧，这儿没有雪，猎人只有步入松软的土地时，才会时不时看到鹿莱特富特留下的足迹。不过,猎人还能看懂其他一些迹象——这儿有一些新翻过来的树叶,那儿有一些被轻轻踩碎的苔藓。这些迹象都在告诉猎人鹿莱特富特的去向。

猎人轻手轻脚、十分耐心地追踪。过了一会儿,他露出了欣慰的笑容,自言自语道:"果然不出我所料。他听了那只讨人厌的松鸦的话,为闻到我的气味绕到了我身后。我得改变我的路线。除非我失误,否则一定会找到他的踪影。"

于是,猎人悄悄地改变了原来的路线。过了一会儿,正如他所预料的那样,他发现了莱特富特的一个脚印,开心地笑了。"哈,老朋友!这次我猜中你的想法啦!"他自言自语道,"我在你的身后,而且风是从你那里吹向我的,所以你没法闻到我的气味了。如果你回到之前出发的地方,回到那棵倒下的老树后面,我一点儿也不会感到惊讶。"他再一次小心翼翼地向前移动，眼睛和耳朵时刻保持警惕，做好了随时开枪的准备。

此时，尾随着猎人的鹿莱特富特闻不到猎人的气味了。他立刻意识到，猎人已经发现了他留下的痕迹，并且已经开始追踪自己了。鹿莱特富特一动不动地站着，聚精会神地听着，想从一些细微的声响判断出猎人的位置，但一点儿声音也没听到。过了一会儿，鹿莱特富特开始继续前进。他不敢静止不动——要是猎人慢慢向他靠拢，他就有可能进入猎枪的射程，那样的话就糟了。对鹿莱特富特来说，只有一个方向是安全的，那就是快乐的小微风吹来的方向。只要快乐的小微风没有带来可怕的人类的气味，他就知道自己是安全的。

鹿莱特富特穿过格林森林，迎着快乐的小微风吹来的方向往前走着。每走几步，他都会扬起灵敏的鼻子闻一闻，检测一下小微风带来的各种气味。只要快乐的小微风吹到他的脸上,他就能确定前方是否有危险。

鹿莱特富特使用他的鼻子,就像你和我使用眼睛一样多。凡是他想知道的,他的鼻子都会告诉他。尽管他没看到狐狸雷迪的红外套,但他知道狐狸雷迪一直都在他的前面。有一次,他闻到了一种极为微弱的气味,他停了下来,比平时更加用心地检测这个气味。那是大熊巴斯特的气味,但那个气味非常微弱。他知道巴斯特不在附近。他继续往前走着,但比之前更加小心了。过了一小会儿,他闻不到巴斯特的气味了。因此,他判断巴斯特是去格林森林里的其他地方,只是碰巧路过这边罢了。

鹿莱特富特知道,只要快乐的小微风没有带来可怕的人类的气味,他就是安全的。他也知道,如果他的前面有人类的话,快乐的小微风就会把人类的气味吹过来。快乐的小微风是值得信赖的,他们是莱特富特最好的朋友。

然而，鹿莱特富特不想一整天都朝着快乐的小微风吹来的方向走，这样他就会远离那些熟悉的地方，甚至可能走出格林森林，这是万万不可以的。因此，过了一会儿，鹿莱特富特开始犹豫不决，不知道该怎样做。你瞧，他不知道拿着猎枪的猎人是不是还跟着他。

每隔一会儿，他都会在茂密的小树林里停下脚步，或者躲在被风连根拔起、横七竖八地倒在地上的树后面。他站在那儿，面朝他刚刚过来的方向，仔细聆听、观察着，分辨是不是有猎人还在追捕他的迹象。但过了几分钟，他就变得心神不定起来。他继续往快乐的小微风吹来的方向走去，让自己远离可能出现的危险。

鹿莱特富特心想："要是能搞清楚猎人是不是还在后面跟着我，我就能更容易地决定接下来该做什么。我必须得搞清楚。"

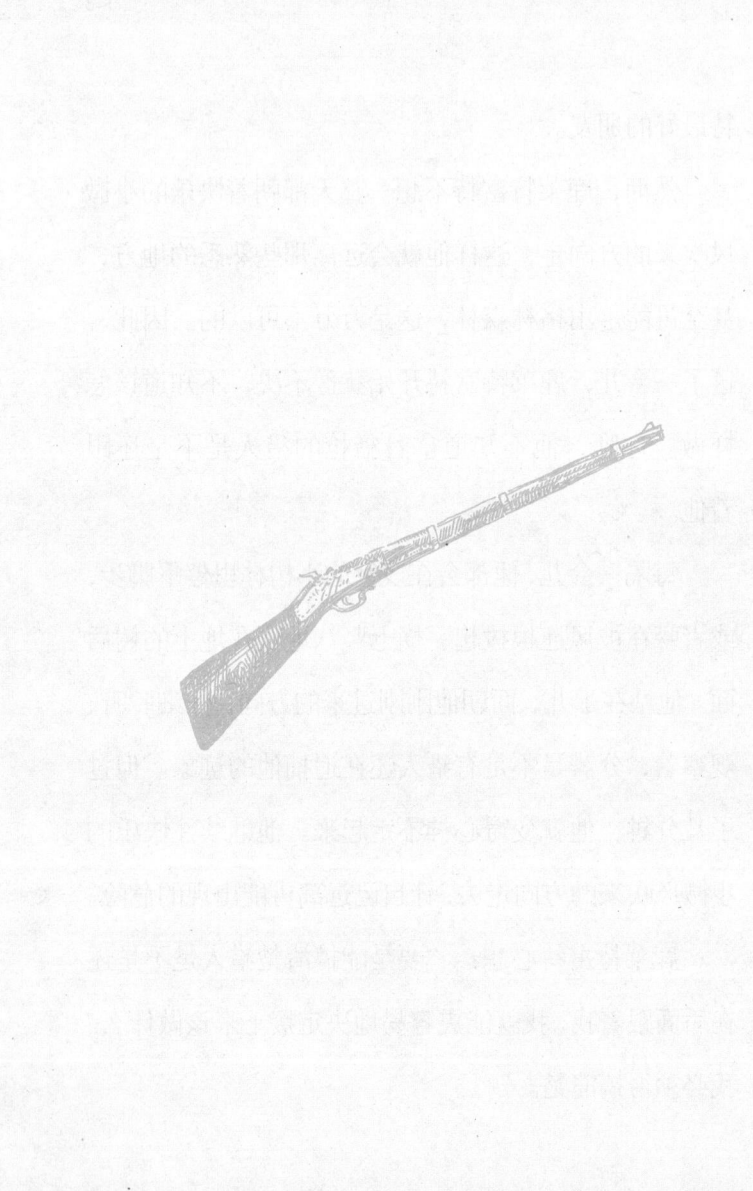

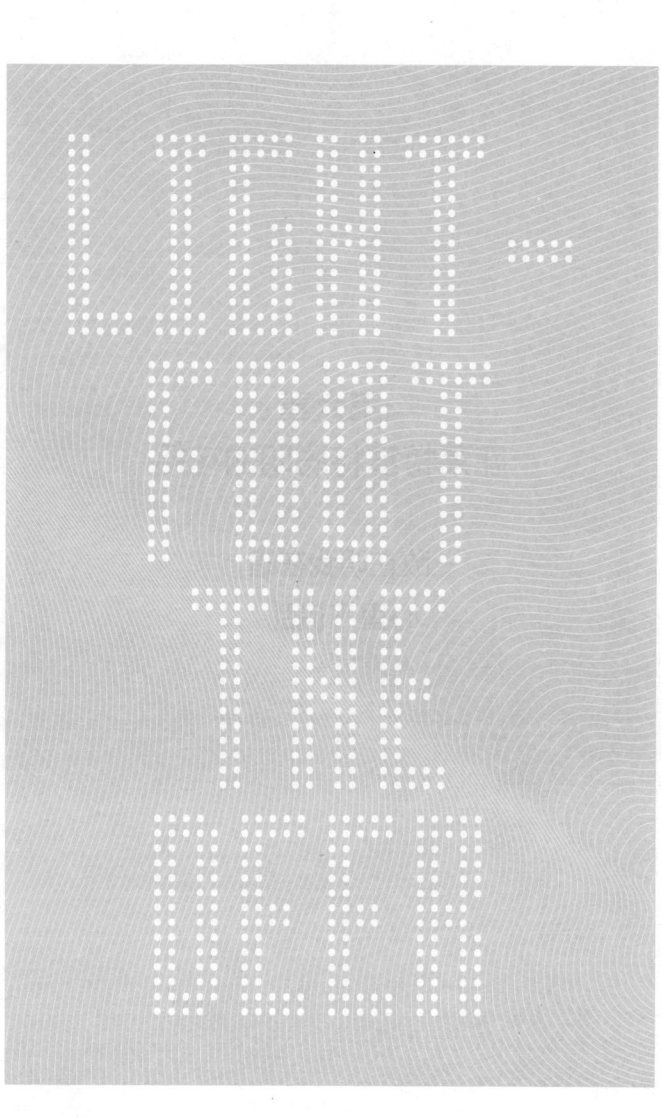

第六章
鹿莱特富特聪明的花招

敌在明我在暗,
心里不慌乱。

鹿莱特富特很聪明。在狩猎季节里，他不得不费尽心思护住自己的性命。要是他不够聪明，早就被猎杀了。他从来不会愚蠢地认为别人都是笨蛋。他知道，那个一大清早就开始跟踪他的猎人，绝不是一个轻易气馁的人，用简单的花招愚弄他也不是那么容易。他非常佩服那个精明的猎人，因此一分钟也不敢松懈。

确定有危险，有时比不确定是否有危险更好办。鹿莱特富特认为只要他能确定猎人的位置，他就知道要做什么了。猎人可能会灰心，然后放弃追捕。如果那样的话，他就能休息一下，也不用再担惊受怕。知道有人跟踪也比不知道强。可是，他要怎样才能弄清楚，是不是有人在跟踪他呢？鹿莱特富特在格林森林里穿行的时候，心里一遍又一遍地思考着。突然，他有了主意。

鹿莱特富特自言自语道："我知道该怎么做了，我知道该怎么做了。我要搞清楚猎人是不是还在跟踪我。我需要休息一下。天哪，我真的需要休息一下了。"

鹿莱特富特敏捷地跳跃着，跑了一小段路，然后蹑手蹑脚地转过身来，回到他来时的方向，但没有重复走刚才的路。他跑了起来，过了一会儿，在一个小山顶上，看到了他想要寻找的东西——一堆树枝，那是护林员修剪完砍倒的树木留下来的。鹿莱特富特爬上小山，待在那堆树枝后面。过了一会儿，他直直地站起来，张望着，倾听着，然后放松下来，叹了口气，躺在了一个隐蔽的安全之处。他能看到自己穿过小山下洞穴时留下的足迹。如果猎人依然跟着他的话，他就会看到猎人经过那个山洞。

鹿莱特富特在树枝后舒舒服服地休息了很长一段时间。格林森林里已经没有任何预示着危险的可疑响动了。他看到松鸡夫妇低低地飞着,穿过山洞,消失在另一侧的树林里。他看到负鼠比利叔叔在查看一棵空心树,心想比利叔叔要开始准备冬眠了。他看到野兔跳跳蹲在一棵铁杉树低垂的树枝下,准备打个盹儿。他听到护林员在不远处的树上钻孔的声音,他们正在消灭树上的蠕虫。渐渐地,莱特富特心里越来越轻松了。猎人一定打了退堂鼓,不再跟踪他了。

格林森林是如此地静谧而美妙,鹿莱特富特正在一座小山的山顶上休息;他就待在一堆树枝后面。看起来,附近不会发生死亡之类的事情了,所以他没有必要一直警惕着。但莱特富特早就知道,越是想不到有危险的地方,往往越危险。尽管鹿莱特富特非常想打个盹儿,但他必须时刻清醒,不让自己做傻事。他那漂亮的、温柔的大眼睛盯着猎人可能走来的方向;

如果带枪的猎人沿着他的足迹继续追踪的话，就会从那边过来。他不停地慢慢转动着他的大耳朵，捕捉着每一个细微的声音。

虽然鹿莱特富特认为猎人已经放弃了，但他丝毫没有放松警惕。过于警惕总比疏于防范要好得多。不久，鹿莱特富特听到远处的树枝噼噼啪啪作响。那个声音特别微弱，如果是我或者你都不会察觉。鹿莱特富特听到后，立刻加倍警惕起来，观察着那微弱声音传来的方向。似乎过了很长时间，他看到有东西在移动。不一会儿，一个人出现了，是那个猎人，肩上挎着可怕的猎枪。

鹿莱特富特知道，那个猎人不仅有耐心，而且还有恒心，一直想要开枪猎杀他。猎人慢慢地往前挪动，每一步都极为谨慎小心，以免树枝噼啪作响或树叶沙沙作响。猎人敏锐地观察着前方，只要发现鹿莱特富特进入射程就能开枪。

猎人穿过鹿莱特富特经过的那座小山下的山洞。地面又干又硬,已经找不到鹿莱特富特留下的痕迹了。他一直往快乐的小微风吹来的方向追着,他知道,鹿莱特富特就是往那个方向去了。而且,他还知道,如果鹿莱特富特在他的前面,他的气味是不会被鹿莱特富特闻到的。他正在"迎风狩猎"。

鹿莱特富特一动不动,看着猎人消失在树林里,然后,默默地站了起来,轻轻晃晃身子,悄悄地离开了山顶,朝格林森林的另一边走去。他确定猎人不会找到他了。

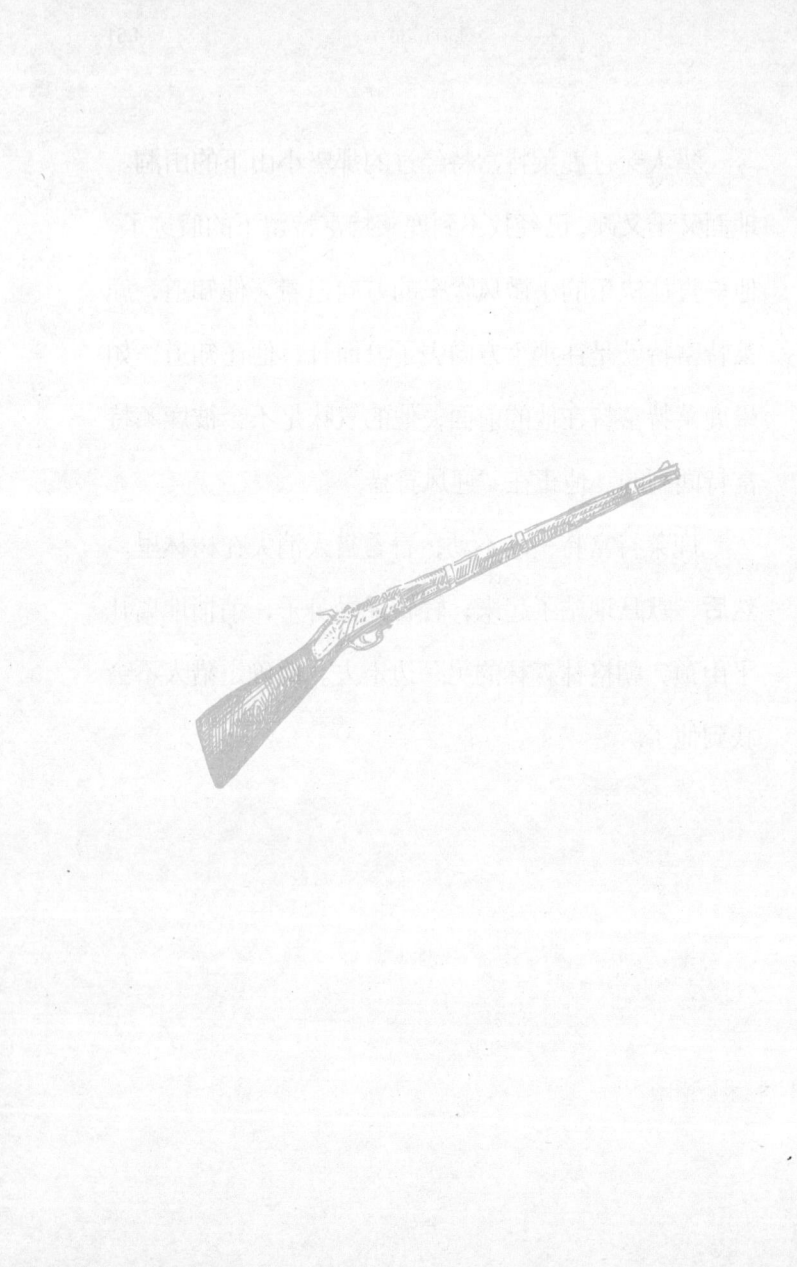

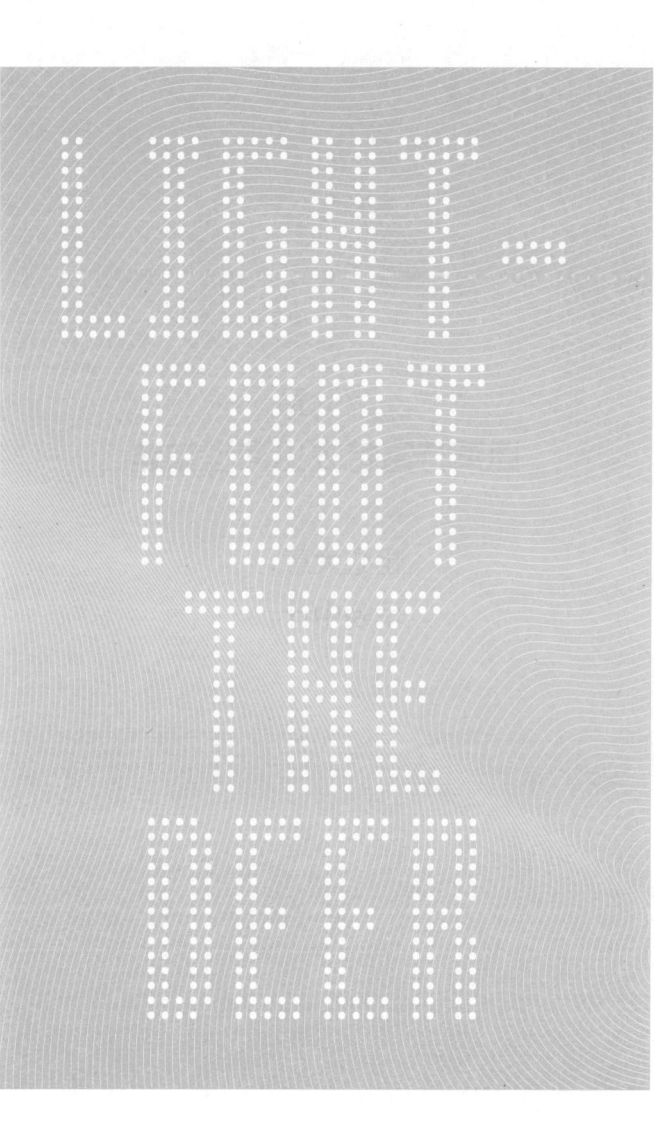

第七章
鹿莱特富特去见河狸帕迪

粗心大意,
早晚中计。

格林森林深处有一处池塘，里面住着河狸帕迪，那是帕迪自己的池塘。他在哈哈溪的上游建了水坝，然后蓄了那个池塘。莱特富特看到猎人穿过小山下的山洞后，准备迅速离开。这时，他想起了河狸帕迪的池塘。"我要去那儿。"鹿莱特富特心想，"那地方没什么人去，我相信猎人也不会去。我要赶紧去看一眼，向帕迪问个好。"

于是，鹿莱特富特朝着格林森林深处走去。很快，透过树林，他看到了闪闪发光的水面，那是帕迪的池塘。鹿莱特富特小心翼翼地靠近。他确信他已经摆脱了跟踪他很久的那个猎人，但他知道，格林森林中还有其他猎人。他知道自己一分钟也不能放松警惕。鹿莱特富特已经长大了，知道大多数发生在格林森林和格林牧场中的悲剧，都是因为粗心大意导致的。不管体型大小，凡是被捕捉到的动物，都是因为自己不小心。

猎人曾经藏在池塘附近，想着等莱特富特来喝水时开枪猎杀他。对鹿莱特富特说，这是一件可怕而不公的事情，但猎人之前就这样做过，并且他们还会再做。鹿莱特富特就像知道猎人躲在这儿一样，小心翼翼地向河狸帕迪的池塘靠近。他迎着快乐的小微风，走近池塘的这一侧，并且一直用他的鼻子嗅着。他知道，如果有猎人藏在这儿的话，快乐的小微风会带来人类的气味，向他示警。

突然，他听到对岸传来一声巨响，此时他就要走到河狸帕迪的池塘边上了。起初，鹿莱特富特确实受到了惊吓，不过很快就猜到那是怎么回事了。那是树倒下的声音。风吹不倒一棵摇摇欲坠的死树,它没有那么大的力量;那儿也没有斧头的声音。他知道树不是被人类砍倒的,那么,一定是河狸帕迪干的了。如果河狸帕迪白天一直工作的话,池塘附近肯定很久没有人来过了。

于是,鹿莱特富特谨慎而急切地走上前去。到了岸边,他往声音传来的方向望去。一根树枝正在水中移动,一个棕色的脑袋在水面若隐若现。那是河狸帕迪正拖着树枝去他的储藏室。

一看到河狸帕迪,鹿莱特富特就知道这里现在很安全。河狸帕迪是格林森林中最胆怯的居民之一。他在白天工作,说明他已经好久都没有被打扰到了,否则他只会在晚上工作。

鹿莱特富特刚走到岸边,河狸帕迪就看到他了。帕迪继续拖着那根白杨树枝游着,直到抵达他的储藏室才停下来。你瞧,他的储藏室也在水中。到那儿后,帕迪使劲儿把树枝按入水中，让树枝挂在其他已经沉在池塘中的树枝上。干完这些，帕迪游向正在看着他的鹿莱特富特。"你好！鹿莱特富特！"他喊道，"你比之前看起来又帅了。秋季这么美好，你的心情挺好吧？"

鹿莱特富特回答道："不好啊，我觉得特别焦虑。你知道今天是什么日子吗？"河狸帕迪回答道："不知道。我不知道今天是什么日子，我也没有特别留意。对我来说，今天很普通，只是这么多美好日子里的一天罢了。"

鹿莱特富特一脸向往地说："帕迪，我希望我也有那样的感觉，但我做不到。对我来说，这是一年中最可怕的一天。太阳公公还没起床，猎人就开始找我了。找我的猎人是一个，我感觉应该没有其他猎人了。我骗过了那个猎人。但从现在开始，一直到狩猎季节结束，我再也消停不了啦。"

河狸帕迪爬到岸上，若有所思地嚼着白杨树的一根小枝条。嘴里嚼着东西有助于他思考。"真是个坏消息。鹿莱特富特，听到这个消息，我很同情你，我真的很同情你。"帕迪说，"你长得这么好看，为什么有人想要捕杀你呢？我实在无法理解。天哪，你的这对鹿角多么漂亮啊！"

鹿莱特富特伤心地回答道："这对角是我拥有过的最好的了。你知道吗，帕迪？我认为这也可能是我被追杀的一个原因。长得好看并不总是好事。最近你有没有在附近看到猎人？"

河狸帕迪摇了摇头，回答道："一个猎人也没有。你听我说，鹿莱特富特，我们暂时搭伙过日子吧。你就住在池塘附近，如果我看到、听到或者闻到什么可疑的东西，我就提醒你。你要是发现危险也提醒我。两双眼睛、两对耳朵、两只鼻子要比一双眼睛、一对耳朵、一只鼻子强得多。你觉得怎么样，鹿莱特富特？"

鹿莱特富特回答道："这个主意很棒。"

鹿莱特富特和河狸帕迪是一种奇特的伙伴关系，也是那种比较友好的伙伴关系。他们成为好朋友已经很久了。河狸帕迪总是很乐意邀请鹿莱特富特来他的池塘。说实话，他很喜欢英俊的鹿莱特富特。你知道，河狸帕迪一点儿也不帅气。在陆地上，他看起来就是一个笨拙的家伙。因此，他十分羡慕鹿莱特富特。这也是他提议他们成为搭档的一个原因。

鹿莱特富特认为这是一个非常好的主意。那天晚上，他在河狸帕迪的池塘附近吃草。天快亮的时候，他躺在池塘附近的小铁杉树丛里休息。那是安静祥和的一天，那天如此美好，以至于很难有人相信，拿着可怕猎枪的猎人正在格林森林里搜寻着帅气的鹿莱特富特，他们确实是在找他。鹿莱特富特知道，他们迟早会找到池塘这里来的。因此，尽管他在那个美好的日子里休息了一会儿，甚至打了个小盹儿，莱特富特依然心神不宁。他忍不住又担心起来。

　　第二天早晨，鹿莱特富特又回到池塘边。早晨他在休息，但没有打盹儿，而是时时刻刻警惕着。他的心里充满了不安的感觉，本能地觉察到危险已经离他不远了，猎人在向他走来。

　　几个小时过去了，不安的感觉慢慢消散了。他开始盼望这无比珍贵的一天能像往常一样平静。突然，从河狸帕迪池塘的远处传来啪啪的声音，听起来像是有人打枪。但那不是开枪的声音，那根本不是枪声，而是帕迪的大尾巴在拍打水面。鹿莱特富特立刻站了起来，他知道那是什么意思——河狸帕迪已经看到、听到或者闻到猎人要来了。

　　确实如此。河狸帕迪已经听到了干树枝被踩断的噼啪声。虽然声音很细微，但足以引起帕迪的注意。河狸帕迪只把他的头露出水面，望着声音传来的方向。这时，他看到一个猎人蹑手蹑脚地朝池塘走来。帕迪立刻扬起尾巴,使劲儿拍打着水面,他知道鹿莱特富特明白这是什么意思。然后,帕迪潜入水中,快速游到家里,家是安全的。他已经做了自己分内的事,再没有什么需要他做的了。

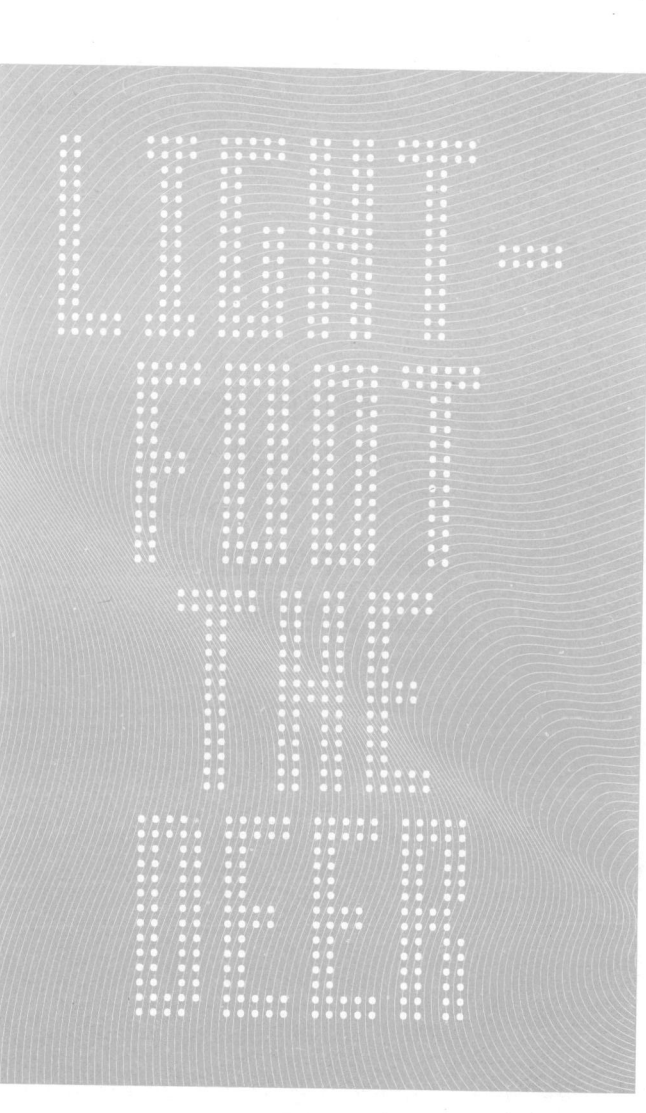

第八章
三个观察者

镇定,不要冲动;
让敌人的希望落空。

当河狸帕迪用宽大的尾巴拍打水面时，弄出的声音就像枪响一样。鹿莱特富特知道这是有危险的信号。他立刻站起身来，用眼睛、耳朵和鼻子搜寻河狸帕迪用尾巴拍水的原因。过了一会儿，他溜到距河狸帕迪的池塘有一段距离的小山顶，那里他可以看到整个池塘。山顶有些紧靠在一起生长的小铁杉树，他就藏在它们中间。没过多久，他看到一个拿着枪的猎人来到了池塘边。

猎人已经听到河狸帕迪的尾巴拍打水面的声音了。当然，如果听不到，那说明他的耳朵真的是有问题。"讨厌的河狸！"猎人生气地嘀咕着，"要是池塘周围有鹿的话,那他现在已经在逃走的路上了。我去周围看看有没有鹿留下的痕迹。"

于是,猎人来到帕迪的池塘边,在附近走来走去,研究着他路过的地方。现在,他在池塘岸边的泥土上发现了鹿莱特富特的脚印,这说明鹿莱特富特曾到这个池塘喝过水。

猎人咕哝道:"果然不出我所料。这些脚印是昨天晚上留下来的。那只鹿现在可能正躺在附近的某个地方。如果不是那只讨厌的河狸,也许我都打中他了。我觉得应该在这儿再等一会儿,好好搜查一下这个地方。如果那只鹿没有被吓到的话,可能还会回来。"

猎人沿着池塘走动,搜寻着每一个可能的藏身之地。他发现了鹿莱特富特之前躲过的地方。他知道,河狸帕迪发出示警信号那会儿,鹿莱特富特很可能就在这儿。

猎人心想:"对我来说,跟踪那只鹿已经没意义了。地面太干，我没法找到那只鹿的脚印。毕竟那只鹿也没有受到太多惊吓。我还是找个好地方等着那只鹿吧。"

猎人在一些小树的后面找到了一块旧原木，一动不动地坐在上面。现在，他可以看到河狸帕迪的池塘附近所有的地方。他是一个聪明的猎人，知道只要保持不动，任何经过的动物都不可能留意到他。但他不知道的是，鹿莱特富特一直都在观察他，甚至就在离他很近的地方。还有一件事是猎人不知道的，河狸帕迪也从房子里出来了，从水下游到了岸对面另一个隐蔽的地方。从那儿，他也看到了坐在旧原木上的猎人。

于是，猎人就这么等着鹿莱特富特，而鹿莱特富特和帕迪则在暗中观察着猎人。

猎人是一个有耐心的人，同时也了解格林森林和格林牧场的小居民。他知道，只要没有动物看到他，他就无须离开。所以，他就一直待着，一动不动地坐着，就像那个旧原木的一部分似的。

有那么一阵，好像这个地方没有任何动物活动的迹象。突然，大河方向的上空，传来快速拍打翅膀的声音。野鸭夫妇落入池塘，溅起了层层水花。他们刚落到水面，便警惕地观察着周围的一切。为了确定附近没有危险，他们看着、听着，最后安下心来，认为附近安全了。然后，野鸭夫妇便开始清洗自己的羽毛。很明显，只是他们自己觉得很安全而已。河狸帕迪想要提醒他们，这里并没有想象中那么安全。但只要猎人不动，河狸帕迪就觉得还是再等一等。

现在，猎人很想开枪打野鸭，但他知道，如果他这样做了，他就不会有机会逮到鹿莱特富特了——鹿莱特富特才是他想要的。野鸭先生和野鸭太太在猎枪的射程里游来游去，根本没有意识到附近有多么危险。

不久，猎人敏锐的眼睛观察到水坝的一头有了动静。不一会儿，浣熊博比出现了。很明显，浣熊博比根本没有警觉。他好像带着什么东西，但具体是什么，猎人也看不清。浣熊博比把东西放到水边，仔细地清洗。接着，他爬上河狸帕迪的水坝，开始吃起来。浣熊博比对自己的食物十分挑剔，只要附近有水，在吃掉食物前他总会先洗一洗。猎人再次动心了，但还是按捺着没有动手。浣熊博比真是走了好运啊！

　　猎人身后山顶上的小铁杉树丛里，鹿莱特富特目睹了这一切，他心里什么都明白。他不禁伤心地想："他盯上我了。他不朝野鸭先生、野鸭太太和浣熊博比开枪，是因为他不想惊动我。我到底做了什么，他就那么想要杀死我？"

　　猎人依然一动不动地坐在那儿。野鸭先生和野鸭太太在池塘底的泥巴里开心地寻找食物。浣熊博比也吃完了，他穿过河狸帕迪的水坝，钻进格林森林，到别的地方打盹儿去了。时间一点点地过去，猎人还在耐心地等待着鹿莱特富特，鹿莱特富特和河狸帕迪也在继续观察着猎人。最后,池塘边又来了一个身穿漂亮红色外套的——那是狐狸雷迪。

第九章
松鸦塞米来了

眼里不能只有对手,
还要注意自己的身后。

狐狸雷迪来到河狸帕迪的池塘时，藏在那儿的猎人马上就看到他了。鹿莱特富特也看到了雷迪，但其他人都没有发现。狐狸雷迪蹑手蹑脚地靠近池塘，那是他狩猎时的惯用动作。他来到可以看见整个池塘的地方，抬起来一只脚正准备迈出去，却又停在了半空。他像一块石头一样怔住了——他发现了野鸭先生和野鸭太太。

狐狸雷迪最喜欢吃的就是野鸭，一看到野鸭夫妇，他的眼睛中便充满了饥渴的神色，口水也流了下来。他站在那儿，一动不动。当野鸭先生和野鸭太太潜入水中，去池塘底的泥巴中寻找食物时，他像一道红色闪电，飞奔到河狸帕迪水坝的后面，藏到一个不容易被发现的地方。

猎人看到狐狸雷迪黑色的鼻子出现在水坝的另一端。狐狸雷迪正偷偷地观察着野鸭夫妇。野鸭先生和野鸭太太吃东西的时候，正好往狐狸雷迪那个方向游去。狐狸雷迪很快就注意到了这一点。如果他待在原地，并且野鸭夫妇继续往前的话，他就有机会吃到肥美的野鸭晚餐了。现在他要做的就是耐心等待。于是，他蹲在水坝后面，紧紧地盯着野鸭夫妇。

猎人只顾着看狐狸雷迪和野鸭夫妇，差点儿忘记了鹿莱特富特。野鸭先生和野鸭太太距狐狸雷迪藏身的地方越来越近了。猎人想站起来吓一吓那些野鸭。他不想让狐狸雷迪得逞，因为他想某一天自己捉住野鸭。"我觉得啊，"猎人心想，"我真是愚蠢，该开枪时没有开枪。这会儿野鸭已经离我太远了。那个全身通红的小流氓看起来会逮到他们中的一个。我想吓跑他们，让那个家伙的计划泡汤。那只鹿今天不会回来了，也许我应该救救那些野鸭。"

可是，猎人并没有那样做。就在猎人准备从藏身的地方钻出来时，松鸦塞米来了。他停到水坝附近的一棵树上，马上就看到了狐狸雷迪。他立刻明白了雷迪为什么躲在那儿。"小偷！小偷！小偷！"松鸦塞米尖声叫道，然后，用敏锐的眼睛看向狐狸雷迪，脸上露出了戏谑的表情。对松鸦塞米来说，再没有什么事情比破坏狐狸雷迪的计划更令他开心的了。一听到松鸦塞米的喊叫，野鸭先生和野鸭太太便快速地游向池塘中间。他们十分清楚那声音意味着什么。狐狸雷迪抬头看了看松鸦塞米，愤怒地大喊大叫起来。他知道自己没必要再躲着了。他迅速向格林森林跑去，到其他地方狩猎去了。

猎人躲在河狸帕迪的池塘附近，悄悄地笑了。也就是说，他张嘴大笑，却没有发出任何声音。猎人觉得，松鸦塞米向野鸭夫妇示警，对狐狸雷迪来说是开了一个天大的玩笑。说实话，他很高兴。正如你知道的那样，猎人想亲自逮住那些野鸭。他推测野鸭夫妇会在河狸帕迪的池塘里待上几天，于是就计划在捉住鹿莱特富特后，再回到河狸帕迪的池塘去捉野鸭。他想先抓住鹿莱特富特。他心里很清楚，如果他开了枪，就再没机会抓鹿莱特富特了。

猎人心想："松鸦塞米帮了我一个忙，不过他自己不知道。狐狸雷迪正要抓野鸭时，松鸦塞米来了。要不是他，狐狸肯定已经捉住那些野鸭了。不管哪只让狐狸捉去，都是我的遗憾。我想最好两只都抓到。"

现在，你也许这样认为，与狐狸雷迪杀了野鸭夫妇相比，猎人杀了野鸭才更可耻。狐狸雷迪之所以捕猎，是因为他肚子饿；而猎人不需要野鸭做食物——他有大量的其他食物。他打猎仅仅是为了娱乐，但狐狸雷迪不会仅仅为了乐趣而杀死野鸭。

猎人对松鸦塞米心存感激。他继续坐在藏身的地方。松鸦塞米看到狐狸雷迪消失后，就朝猎人所在的池塘那头飞去。野鸭先生和野鸭太太都向松鸦塞米致谢。松鸦塞米回答说他喜欢助人为乐。

松鸦塞米坐在树顶上，敏锐的眼睛总是一刻也闲不住。过了一会儿，他看到了坐在旧原木上的猎人。刚开始，他看不清那是什么东西，因为那东西没有动。虽然如此，松鸦塞米还是觉得很可疑。他马上飞到另一棵树上，在那儿他可以看得更清楚一些。他一看到那杆可怕的猎枪，就知道那东西是什么了，于是扯着嗓子喊叫起来："小偷！小偷！小偷！"猎人大怒，他知道自己已经被松鸦塞米发现了，再待在那儿已经没有意义。于是，他气冲冲地离开了。

猎人很不高兴，带着枪消失在格林森林里。鹿莱特富特知道，他这一去就不会再回来了。莱特富特从小山顶的藏身之处走下来，到河狸帕迪的池塘喝水。

他知道，现在这样做是非常安全的，因为松鸦塞米已经去跟踪猎人了，一路上都在喊着"小偷！小偷！小偷"，每一只听力正常的动物都能通过塞米的声音判断出猎人的位置。松鸦塞米的声音听起来越来越小，所以，鹿莱特富特知道猎人越走越远了。

河狸帕迪从藏身的地方游了出来，爬到鹿莱特富特附近的岸上，眼睛泛着亮光，说："那个穿着蓝色外套，老是挑拨离间的家伙，毕竟也没那么坏，是不是？"

鹿莱特富特昂起帅气的头，竖起耳朵捕捉远处松鸦塞米的声音。"正如有些人所说的，松鸦塞米也许爱挑拨离间，"他说，"但在危险的时刻，你可以信赖他，他是真正的朋友。那天早上，他还提醒我猎人来了呢。你也看到了，就在刚才，他救了野鸭先生和野鸭太太，然后又赶走了那个猎人。我想，在我认识的动物中，被松鸦塞米救过的最多。我希望他能回到这里，我好谢谢他。"

过了一段时间，松鸦塞米真的回来了。他理了理羽毛说："好了，我追着那个家伙一直走到格林森林边上。所以我猜，今天不用再怕他来了。我很高兴他没有抓到你，鹿莱特富特。我一直很担心你。"

鹿莱特富特说："塞米，你是我最好的朋友之一。你对我所做的这一切，我不知道怎样报答才好。"

松鸦塞米立刻回答道："没关系。我只不过做了其他人都会做的事情罢了。大自然母亲赋予我一双敏锐的眼睛和一副洪亮的嗓子，我只是尽我所能，充分利用它们。一看见拿着猎枪的人，我就十分生气。我宁愿不吃饭也要破坏他的猎捕计划。"

河狸帕迪警告道："你要小心，塞米。猎人总有一天会忍无可忍。为了报复你，猎人会冲你开枪的。"

松鸦塞米回答道："不用担心我，我知道那些可怕的枪能打多远，我不会让他们得逞的。顺便说一下，鹿莱特富特,现在格林森林里到处都是猎人。我知道他们是在找你,因为我发现,即使他们有机会打中别的动物,也不轻易开枪。"

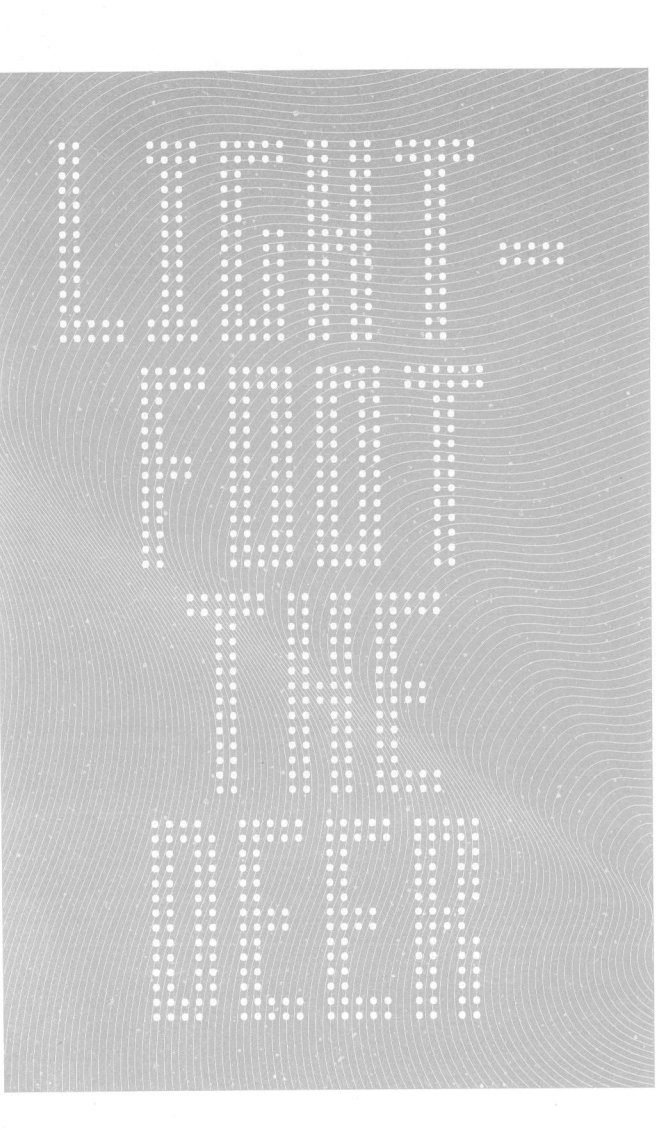

第十章
猎犬出动了

敌人不仁,
帮凶更坏。

一天又一天，鹿莱特富特都在和捕杀他的猎人玩着捉迷藏的游戏。他看到过猎人许多次，但他们中没有人看到过他。猎人们不止一次经过了鹿莱特富特的藏身之处，好在他们没有起疑心，也没有留意。

然而，可怜的鹿莱特富特还是备感压力，身体也日益消瘦。他特别紧张，甚至树上掉落的叶子都能吓到他。再没有什么比一直被追杀更可怕的了。现在，鹿莱特富特感觉，猎人随时都有可能从某一棵树后面跳出来。当黑暗笼罩整个格林森林时，他才有一丝安全感。然而，即使他在享受那几个小时的安全时光时，也仍然在为第二天可能发生的事担忧。

一天清晨，一个可怕的声音响彻整个格林森林，鹿莱特富特吓得跳了起来。那是在小道上奔跑的猎犬发出的叫声。以前那声音听起来没那么可怕，因为猎犬鲍泽追踪狐狸雷迪的时候，鹿莱特富特听到过很多次，对鹿莱特富特来说没有危险。

听到那种声音时，鹿莱特富特尽管吓了一大跳，但并没有担心，他认为那是跟在狐狸雷迪身后的猎犬的叫声。突然，一个可怕的猜测进入他的脑海中，他越来越焦虑。过了一会儿，他确定猎犬正在追踪的是他的足迹，那些叫声听起来特别可怕。莱特富特必须逃命。这次他没有任何迟疑。他知道，有猎犬追逐，他就没办法近距离观察拿着猎枪的猎人，也不能藏在灌木丛里了。无论何时，他都有可能被猎犬中的一只赶到那些猎人面前。

鹿莱特富特以独特的跳跃步伐快速离开了藏身之处。过了一小会儿，猎犬的叫声变小了。鹿莱特富特停下来，喘了口气，站在那里仔细地聆听着。不一会儿，猎犬的叫声又变得越来越近了，他不禁浑身战栗起来。猎犬灵敏的鼻子可以轻而易举地追踪到他。鹿莱特富特不由得一阵恐慌，又开始跳跃着跑起来。鹿莱特富特穿过一条老路时，格林森林里响起了可怕的枪声。有什么东西穿过了鹿莱特富特上方的树皮——那是一颗与他擦肩而过的子弹。他更加害怕了，立即加快了脚步。

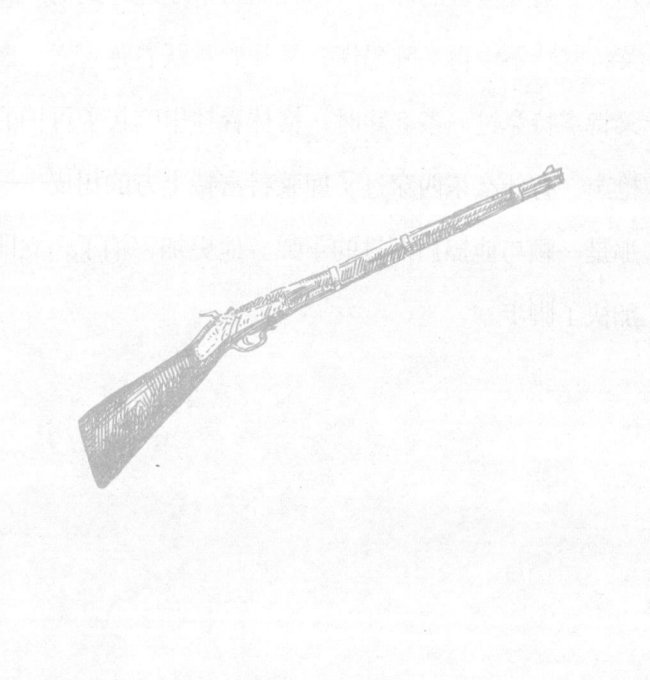

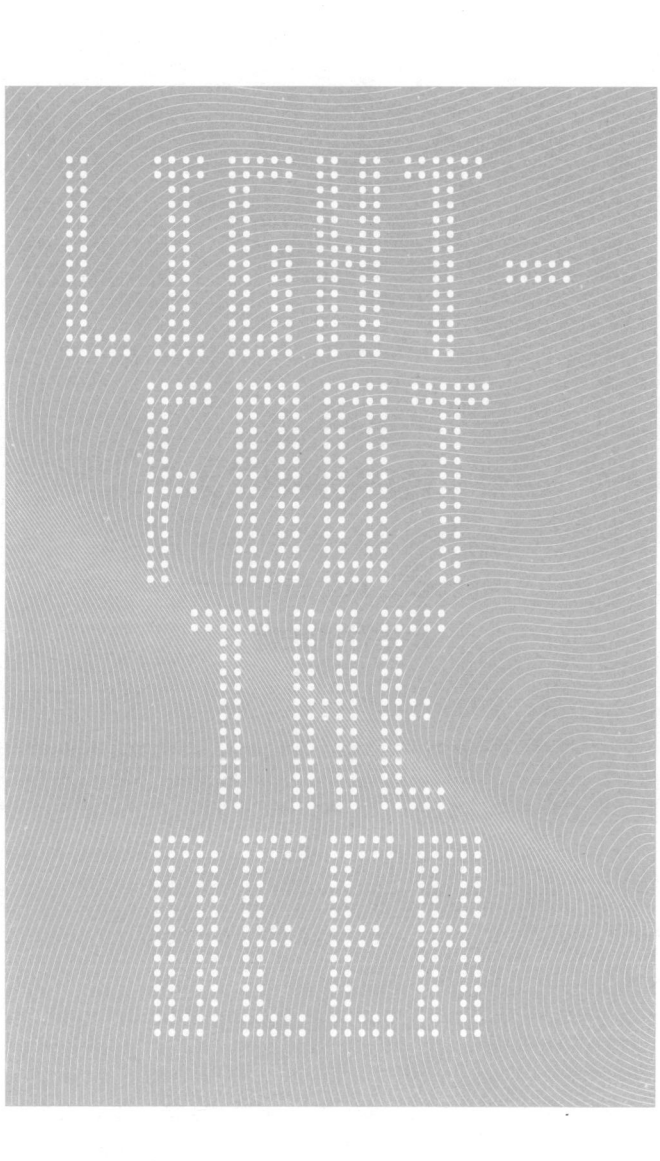

第十一章
鹿莱特富特跳进了大河

一技之长,有时——
是生存的关键。

可怜的鹿莱特富特！对他来说，现实中哪有什么公平可言。如果每次只需要与一个猎人斗智斗勇，情况不会这么糟糕。然而，现在有太多拿着猎枪的猎人在找他；刚避开一个，可能很快又遇到另一个。这本来就极不公平。现在猎犬也来追逐，那就更不公平了。

鹿莱特富特认为人类无情，你对这种看法感到惊讶吗？你瞧，他可能不知道，现在法律已经禁止那些猎犬追捕他了。很多时候，是猎犬自己为了寻找乐趣，才离开家去捕猎的。猎人用猎犬猎杀他是违法的，他对此毫不知情。不过，虽然没有猎人让猎犬追踪鹿莱特富特，但猎人都乐意看到这一幕——他们很愿意利用那些偷偷溜出家门的猎犬。这时，鹿莱特富特已经被枪打过一次了，他知道，如果他被追到躲藏着某个猎人的地方，他还会再挨一枪的。

地面潮湿，气味可以完整地留在上面，猎犬很容易用灵敏的鼻子来追寻鹿莱特富特。为了让那些猎犬无法闻到他的气味，莱特富特真是绞尽了脑汁。

当鹿莱特富特停下脚步听猎犬的叫声时，会一边喘息一边嘀咕："如果他们一时半会儿找不到我，我就能休息一下，那该多好啊！"

可是，猎犬没有给他休息的机会。他已经疲惫不堪，不能像刚开始那样轻盈地跳过倒下的原木或灌木丛了。现在他一喘气，肺就疼得不行。他意识到，即使能从猎人面前逃脱，他也摆脱不了那些猎犬，他会累死的。只要停下来一会儿，那些猎犬就会赶上来，把他撕个粉碎。

就在这时，他想到了大河，于是转身向大河跑去。

这是他唯一可以逃生的机会，他很清楚这一点。鹿莱特富特穿过格林森林，跑过格林牧场，来到了大河边。他停下来，飞快地回头看了一眼，发现那些猎犬差点儿就要咬到他的脚后跟了。鹿莱特富特不再迟疑，纵身跳进大河，开始游了起来。猎犬们不敢跟着鹿莱特富特跳进河里，只能在岸边失望地嚎叫着。

大河非常宽。鹿莱特富特竭尽全力，拼命地游着。就算他年轻力壮，这段距离对他来说也算很长了。奇怪的是，尽管鹿莱特富特那些漂亮的蹄子不是很大，但他仍不失为一个特别棒的游泳健将。他喜欢游泳。

鹿莱特富特被猎犬追着跑了很长一段距离，已经疲惫不堪了。刚开始他游得很快，但疲劳的肌肉逐渐变得无力起来。等游到河中央时，他感到自己根本没力气往前游了。跳进大河时，他看到对岸有一片小树林。起初他是想向那里游的。不过，要游到那里就得逆流而上。不久，他就发现自己没有足够的力气这样做了，于是转过头，顺着水流的方向游去。这样水流能帮助他，而不是阻碍他，游起来轻松多了。

即使如此，鹿莱特富特还是感觉力量在渐渐消失。难道他逃脱猎犬和可怕的猎人就是为了要溺死在大河里吗？这个新出现的可怕想法使他又有了力量。但没有持续太久，他又累了。他已经游了四分之三的距离，但对岸看起来仍然很遥远。鹿莱特富特心中的希望在一点点地消失。不过，只要能坚持一下，他就一定会坚持的。唉，溺死也比被猎犬撕碎强。

鹿莱特富特再也游不动了，觉得自己的死期近了。这时，他的一只脚触到了什么东西，接着四只脚全碰到了那个东西。下一秒，他发现自己已经站稳，河水才到他的膝盖。他在大河里找到了一个小沙洲。希望又回来了。他喘了几口气，开始涉水前进。走着走着，水又变深了。他本指望能够走到岸上去，但发现只有游泳才能过去。

鹿莱特富特在那个地方待了很久。他很疲惫,累得不停地发抖。事实上,他心中充满了恐惧。他知道,猎人从很远的地方就能看到他站在水中,他既紧张又害怕。如果在他准备靠岸的地方有猎人看见他,那他就无处可逃了。猎人只须等他上岸就可以杀死他。

可是,他必须休息一下。在大河里的那个小沙洲上站了很久,他感到力量渐渐地恢复了。

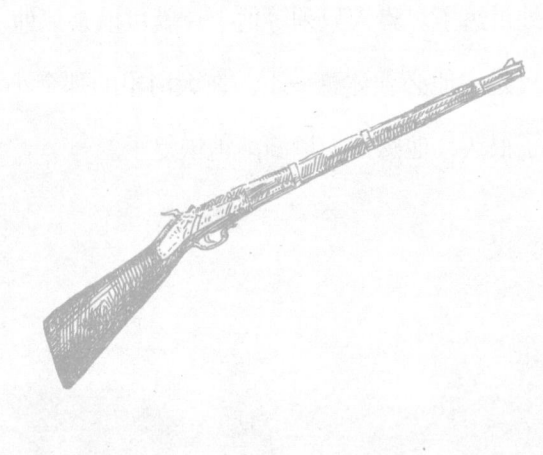

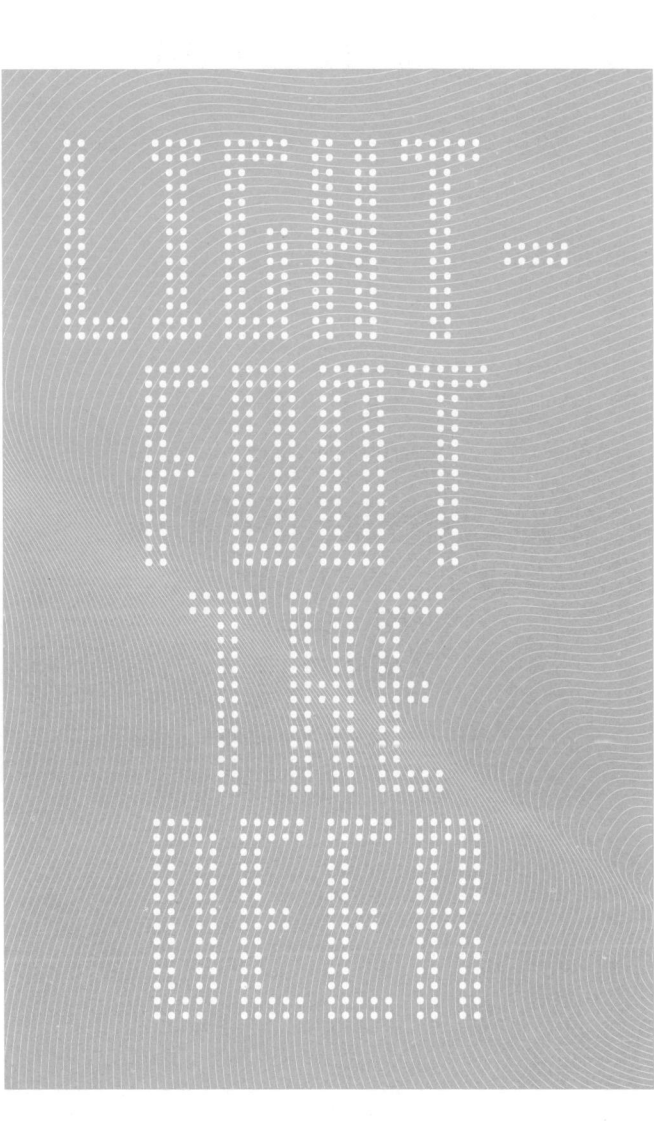

第十二章
未知的危险总比
已知的危险要好些

鹿角千姿百态，
人也各不相同。

鹿莱特富特站在大河里的小沙洲上休息。他尝试着调整呼吸，那双温和的大眼睛发现在他刚刚离开的河岸上，有两个黑白相间的圆点在移动。此时，猎犬的叫声穿过水面传来，那两个圆点正是刚才把他赶入大河的猎犬，现在正汪汪地叫着。很快，一个灰色的身影出现在两条猎犬身边。那是一个猎人，他被猎犬的叫声吸引了过来。他离得特别远，不会对鹿莱特富特有什么威胁。但鹿莱特富特仅仅看了猎人一眼，心中就又一次充满了恐惧。不一会儿，鹿莱特富特看到猎人沿着河岸走着，消失在灌木丛中。

很快，一艘船从灌木丛中划了出来。那个猎人驾着船，朝鹿莱特富特驶来。鹿莱特富特知道他不能再休息了。他必须再次下水，否则就会被船里的猎人开枪打死。鹿莱特富特决定向岸边游去。经过刚才的休息，他已经有了新的力量，但他仍然非常疲惫——游泳实在是太累人了。

鹿莱特富特慢慢地游到岸边。他不知道前边有什么等着他。他从没到过大河的这一侧，对这边的村庄一无所知。但未知的危险总比眼下的处境要好些。猎人拼命划着船，想要在鹿莱特富特到达河岸前抓住他。这个时候，鹿莱特富特都能听到猎人划桨的声音了。

鹿莱特富特在水中不停地挣扎着。终于，他感觉脚踩到了地面——原来已经到了岸上。他跟跟跄跄地穿过岸边的灌木丛。接下来的那一刻，他的心脏差点儿停止了跳动——就在他面前站着一个人。原来，他走进了那个人的后院。很难说他们中谁对这一幕更感到惊讶。此时此刻，鹿莱特富特彻底绝望了——他放弃了，他跑不动了，他唯一能做到的就是抬脚走路。经过猎犬长时间的追赶，再加上在大河里游了那么远的距离，他已经没有一点儿力气了。

现在，鹿莱特富特万念俱灰。他只是站在那儿，浑身发抖，一半是因为害怕，一半是因为身体太虚弱。接下来，令人震惊的事情发生了：那个人温和地说着话，他走上前，一举一动没有任何威胁。那个人以一种友好的方式来到鹿莱特富特身后，然后直接走向他。鹿莱特富特向前挪了几步，那个人又跟了上来，动作依然轻柔。他一点点地挤着鹿莱特富特往前走，走向一个开着门的畜棚，那里面有一堆干草。虽然不明白这是怎么回事，但鹿莱特富特知道自己遇到了一个朋友。于是，他走进敞开的畜棚，然后长长地叹了口气，躺在了干草堆上。

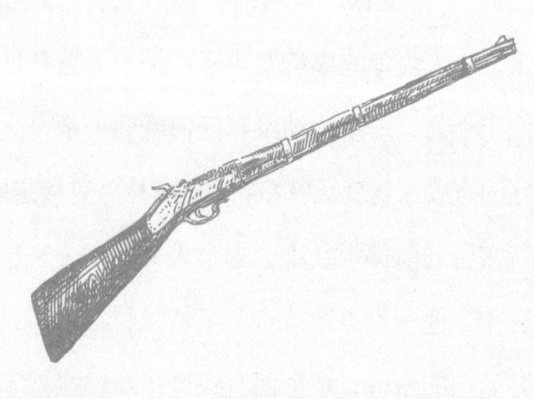

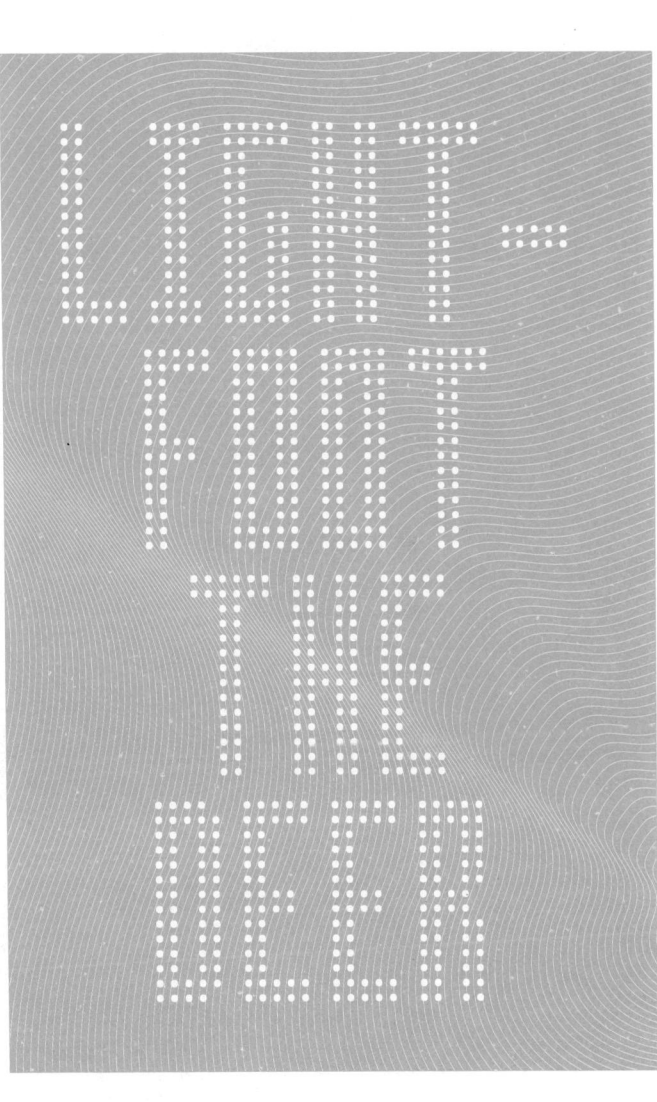

第十三章
这里不许猎鹿

真心的朋友是
最珍贵的财富。

鹿莱特富特没法告诉你,他为什么知道自己安全了,但他就是知道。他在大河里游了很久,上岸后,就进了那个人的院子。那个人说着什么,他一句也听不懂。他不需要理解那些话,但他明白他遇见了一个朋友,所以才允许那个人轻轻地把他赶往开着门的畜棚。畜棚里面有一堆干草,他躺在那儿。他太累了,一步也挪不动了。

过了一会儿,追赶鹿莱特富特的猎人穿过大河来到岸边,从船里出来。鹿莱特富特的朋友就在岸上等着。当然,那个猎人立刻就看到他了。

猎人喊道:"你好,朋友!几分钟前,你有没有看到一只鹿从这儿跑过？据我所知，他游过这条河后累坏了，肯定不会走远。这几天我一直都在追他，如果我运气不差的话，这次我就能抓住他了。"

鹿莱特富特的朋友说："我想你今天运气不好，因为我不允许我的地盘上有人捕猎。"猎人脸上露出惊讶的神色，然后惊讶变成了愤怒。"你的意思是，"他大声叫道，"你想独吞那只鹿？"

鹿莱特富特的朋友摇了摇头，说："不是的。我绝不是那个意思。我的意思是说，如果我可以阻止的话，我就不会让人杀掉那只鹿。而且，他待在我的地盘这段时间里，我认为我可以做到这一点。朋友，你最好还是上船原路返回吧。是你的猎犬在那边叫吗？"

猎人立即回答道："不！不是！我和你一样懂法律，用狗猎鹿是违法的。我也不知道那边的两条猎犬是谁的。""用狗猎鹿是违法的，确实如此。"鹿莱特富特的朋友回答道，"你知道那些猎犬把那只鹿追到了大河里，然后你就想在那只鹿上岸前捉住他。你不是在享受打猎带来的乐趣，而是在杀戮。你不知道公平和正义到底是什么。现在，请离开我的地盘。尽快回到你的船上。那只鹿就在这附近，他太累了，一步也走不动了。只要他待在这儿，他就是安全的。我希望他能一直待到这个残忍的狩猎季节结束。现在，请你离开。"

　　猎人愤怒地咕哝着，返回船上离开了。但他没有回到对岸。

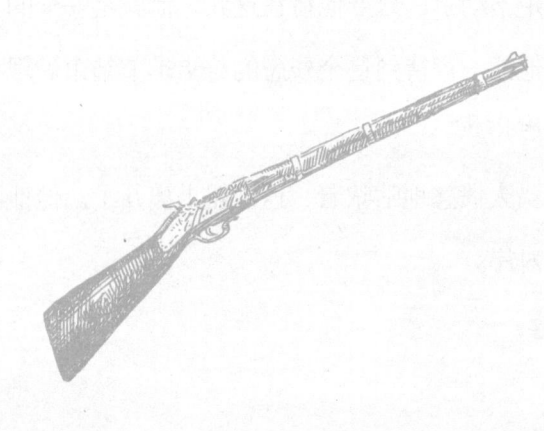

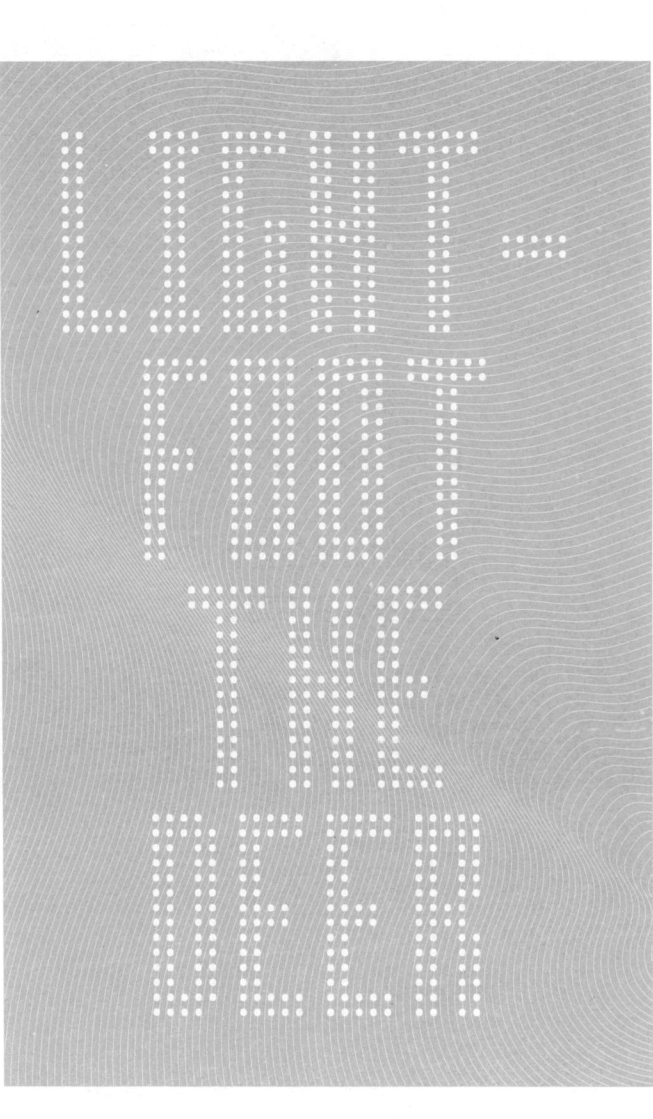

第十四章
猎人埋伏在老牧场

宁静的日子很短暂,
因为敌人从不死心。

如果这个地方有一个怒气冲冲的猎人的话,那就是跟着鹿莱特富特渡过大河的那个了。鹿莱特富特的朋友把他赶走了。他回到船上,但没有驶向河对岸,而是顺着水流前进。最后,他在鹿莱特富特朋友的地盘外靠岸了。"那只鹿休息好以后,心里也不会踏实的。"猎人心想,"他不会一直待在那个人的地盘里,他会去最近的森林,我要去那儿等着他。要不是那个家伙把我赶走的话,我就逮住他了。现在,我发誓一定要抓住那只鹿。他已经累垮了,走不了多远的。他那对鹿角是我这几年见过的最漂亮的,绝对能卖个好价钱。"

于是，猎人再次从船上离开，把船拴在一棵树上。他走上岸，研究了地形。他的视线穿过宽阔的草地。在那片茂密的树林后，他看到了灌木丛生的老牧场。看到这一切，他笑了。"那只鹿肯定会去那个地方。"他暗暗想着，"他没有其他地方可去。我要耐心等待。"于是，猎人拿出可怕的猎枪，穿过草地，来到长满了灌木的老牧场。他躲在一簇灌木里，从那儿朝外望，可以看到鹿莱特富特朋友的地盘。猎人要捕杀鹿莱特富特，结果被人制止，很不高兴。过了一会儿，他又窃笑起来。他认为自己很聪明，觉得鹿莱特富特一定会来这里挨一枪的。猎人在藏身的地方摆出一副舒服的姿态，准备在今天余下的时间里就这么一直待着。

鹿莱特富特的朋友赶走猎人，看着猎人沿着河岸划船走了。不过，他已经猜到猎人心里在想什么了。他回到那个敞开的畜棚前；可怜的鹿莱特富特正在休息。他笑着对自己说："我来捉弄捉弄他。"

他不想惊醒鹿莱特富特，所以没有太靠近。他待在能看到鹿莱特富特的地方，不再盯着鹿莱特富特，而是专注于自己的工作。他喜爱格林森林和格林牧场的小居民，也能理解他们。他知道，只有假装不留意鹿莱特富特，才能赢得鹿莱特富特的信赖。鹿莱特富特知道这个人是朋友，不会伤害他。渐渐地，美好又幸福的安全感涌上了鹿莱特富特的心头。在这个地方，没有猎人可以伤害到他。

那一天余下的时间里，猎人带着可怕的猎枪，一直藏在老牧场的灌木丛里。在那儿，他可以看到鹿莱特富特有没有离开。做一个猎人需要十足的耐心；他不会比现在更有耐心了。有时，猎人要比其他人都沉得住气。

不过，这个猎人的等待落空了。快乐的、圆圆的、红彤彤的太阳公公回到西方的紫山后睡觉去了。夜晚悄悄地来临，天变得越来越黑，星星一颗接一颗地闪烁起来。猎人还在等待着,但鹿莱特富特踪迹全无。最后,天变得实在太黑了,猎人已经没有等下去的必要了。他先是感到失望,然后再次愤怒起来。他拖着沉重的脚步回到大河边,爬上船,驶向对面的河岸,然后气冲冲地回家了。他知道,要不是有那个人护着,他肯定能抓到那只鹿。他甚至开始怀疑那个人已经杀死了鹿莱特富特,把鹿据为己有了。因为他一直很确定,只要鹿莱特富特休息好,肯定会来老牧场的;但鹿莱特富特根本没这么干。事实上,猎人没能再看到鹿莱特富特一眼。

猎人失望的另一个原因,就是他发现鹿莱特富特非常聪明。莱特富特聪明到可以懂得,救他的那个人是一个真正的朋友。鹿莱特富特整个下午都躺在敞着门的畜棚中,身下是干草堆做成的床。他看着那个人小心翼翼地干着活,生怕弄出什么动静吓到旁边的自己。"他不仅不会让别人伤害我,他自己也不会伤害我。"鹿莱特富特心想,"只要他在附近,我就是安全的。我要在这里待着,直到狩猎季节结束。那时我再游过大河,回到我那亲爱的格林森林里的家。"

于是,整个下午,鹿莱特富特都在休息,甚至连鼻子都没有探出过畜棚。这就是为什么猎人没有再看到鹿莱特富特的原因。天黑以后,当夜色暗到让他感觉不再有危险时,鹿莱特富特站起来,在星光的照耀下开始散步。他的精神振作了起来,力量也开始恢复了。他轻轻地跳跃着穿过草地,走进猎人之前藏身的牧场,在牧场后面的树林里游荡。不过,第二天天刚蒙蒙亮,鹿莱特富特就回去了。他的那个农夫朋友早上出来挤牛奶的时候,鹿莱特富特已经在开着门的畜棚里了。农夫笑了,"你真是又帅气又聪明,老伙计。"

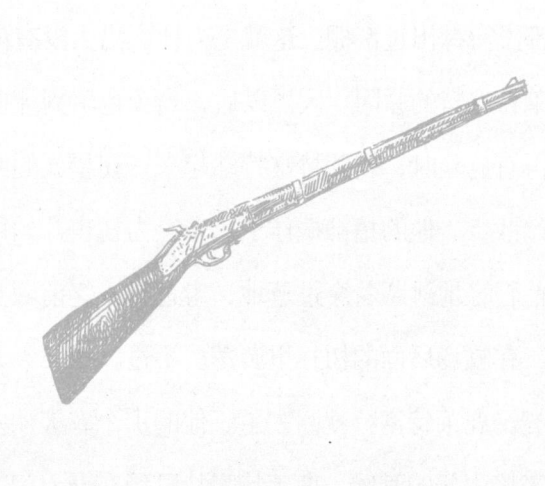

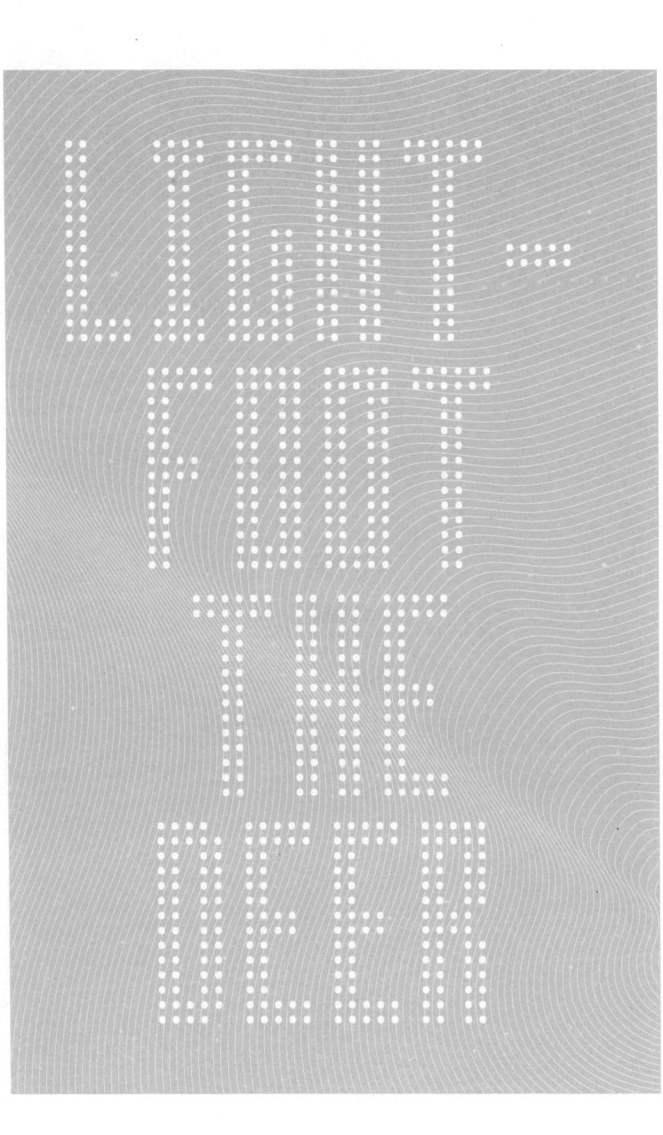

第十五章
松鸦塞米的猜测

有时候,
没有消息是最好的消息;
有时候,
没有消息是最坏的消息。

松鸦塞米经常为自己操心，却很少操心别人。但实际上，他并没有老操心自己。松鸦塞米很聪明，并且知道自己很聪明。他那尖帽子下的脑袋可以算是格林森林里最聪明和最有智慧的了。他很少为自己担心，他认为他能照顾好自己。

　　可是现在，松鸦塞米却是忧心忡忡的。他在为鹿莱特富特担心。他已经两天没看到鹿莱特富特了，也没发现鹿莱特富特留下的踪迹。不过，他却看到许多带着可怕猎枪的人。在他看来，格林森林里仿佛处处都有他们的身影。松鸦塞米开始怀疑，他们中的某个人已经杀了鹿莱特富特。

松鸦塞米知道鹿莱特富特所有的藏身处。他一个一个都去看了，但没有找到鹿莱特富特，并且松鸦塞米遇到的人也都说两天没见过鹿莱特富特了。

松鸦塞米感到很难过，他非常喜欢鹿莱特富特。你应该还记得，可怕的狩猎季节开始的那个早晨，在猎人到来的时候，正是松鸦塞米提醒了鹿莱特富特。自从狩猎季节开始，松鸦塞米就尽自己最大努力给猎人制造麻烦。不管什么时候，只要他发现他们中的任何一个，他就扯着嗓子尖声叫喊，让那个猎人暴露自己的位置。有一次，一个猎人发脾气了，朝着松鸦塞米开了枪。幸运的是，松鸦塞米已经预料到了这种事情，所以他非常小心，绝不进入猎枪的射程。

松鸦塞米知道鹿莱特富特被猎犬追踪的所有细节。格林森林中的每个人都知道这件事。你瞧，大家都听到了猎犬的叫声。那天，鹿莱特富特曾经走过松鸦塞米坐着的那棵树，过了一会儿，两条猎犬也从那里路过。猎犬鼻子嗅着地面，追踪着鹿莱特富特的足迹。那是松鸦塞米最后一次看见鹿莱特富特。他能从猎人的枪口下救出鹿莱特富特，但对猎犬却无能为力。

松鸦塞米越想越担心。"我猜，猎犬把他赶到某个地方，然后猎人抓住他或者把他杀掉了，再或者，还有一种可能：鹿莱特富特被猎犬追得筋疲力尽，然后猎犬追上去咬死了他。"塞米心想，"如果他还活着，肯定会有人看见。但从猎犬追他那天算起，就再也没人见过他。我很担心，都不想吃东西了。如果鹿莱特富特死了——我确定他已经死了——格林森林就再也不是原来的格林森林了。"

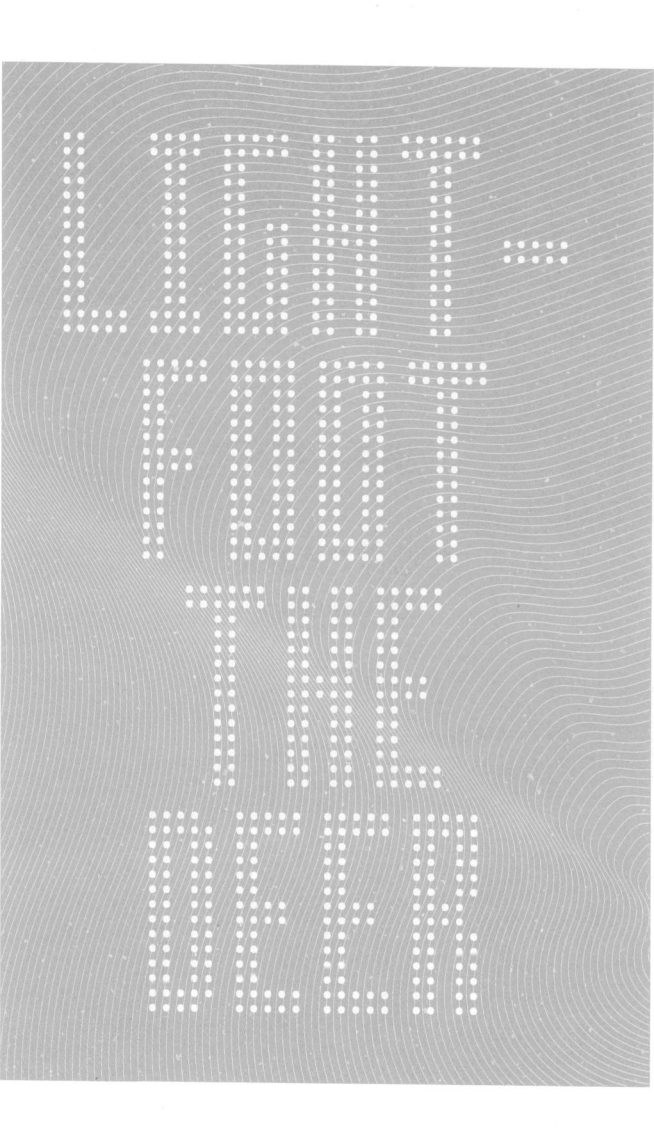

第十六章
狩猎季节结束啦

担心你安危的人，
值得做朋友。

事情再糟糕也会有结束的一天。对鹿莱特富特来说，狩猎季节也是一样。所有的鹿都受法律护佑的日子终于来到了。从这一天起，猎人再也不能猎捕鹿莱特富特了。

如果没有特殊的事情，狩猎季节结束的时候，格林森林和格林牧场的小居民们都会举办盛大的庆祝活动。他们知道，下个狩猎季节开始前，鹿莱特富特不会再有危险了。但今年的庆祝活动没有举行，因为大家找不到鹿莱特富特。最后看到他的人是松鸦塞米，当时两条猎犬咆哮着追赶他，他慌慌张张地逃命。格林森林里来了许多猎人，他们也都想打死他。

松鸦塞米已经找遍了整个格林森林。乌鸦布雷奇的眼睛与松鸦塞米的一样犀利，他也在帮着寻找鹿莱特富特。可是，他们都没有发现鹿莱特富特的踪影。河狸帕迪说，鹿莱特富特已经三天没有来他的池塘喝水了。水貂比利沿着哈哈溪上上下下跑了很多趟，不停地在岸边松软的土地上寻找鹿莱特富特的足迹，但只发现了之前的旧足迹。晚上，野兔跳跳去了鹿莱特富特最喜欢去的那些地方，但也没有找到鹿莱特富特。

松鸦塞米对浣熊博比说："我告诉你，鹿莱特富特出事了。他不是给猎犬追上咬死了，就是让某个猎人打死了。格林森林没有了他，就再也不是格林森林了。我以后不太想来这儿了。在格林森林里，我最想念的就是鹿莱特富特。"

浣熊博比点了点头，说："确实如此，塞米。没有了鹿莱特富特，格林森林再也回不到从前了。他从不伤害任何人，为什么猎人那么想杀死一只如此可爱的鹿呢！我实在无法理解。我也不明白，为什么他们想要杀掉我们中的某一个——如果他们真的要拿我们当食物吃，那另当别论。你有没有去老牧场问一问老郊狼，看他有没有见过鹿莱特富特。"

松鸦塞米点了点头，说："我已经去过两次老牧场了。老郊狼白天很低调，但晚上他会四处游荡。老郊狼的鼻子特别灵敏，但自从猎犬追赶鹿莱特富特那一刻起，他就再也没有闻到过鹿莱特富特的一丁点儿气味。我觉得，他也许一直在寻找鹿莱特富特遇害的地方，他很想找到，但至今他还没找到。好在狩猎季节终于结束了，但我担心结束得太晚。"

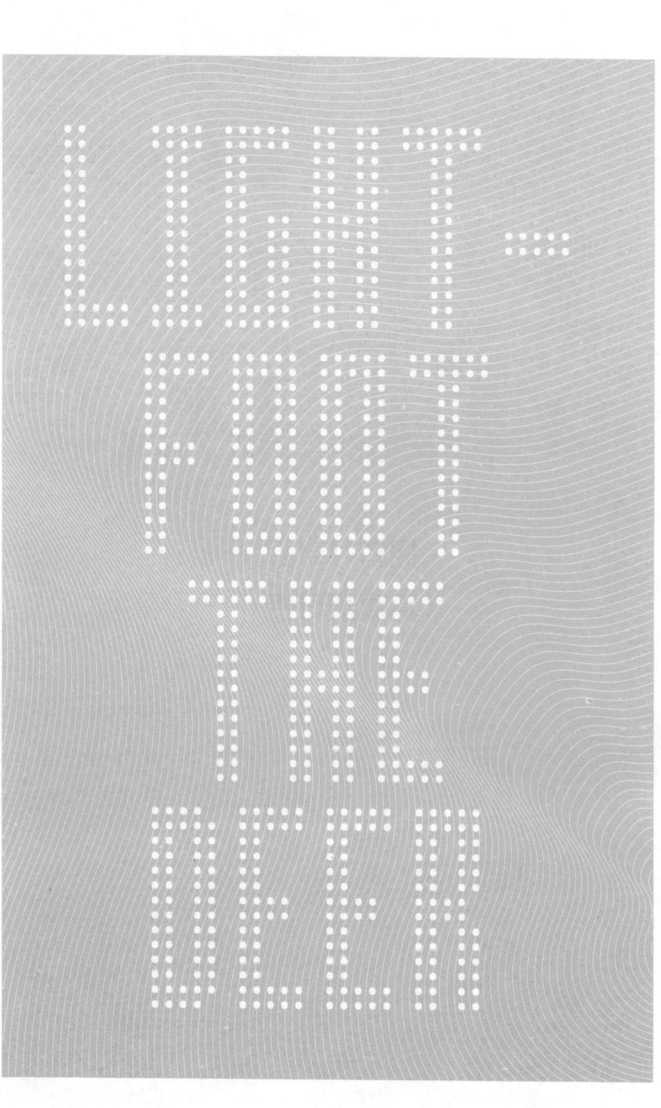

第十七章
一个像树枝的东西游了过来

拥有好奇心,
真真最可贵。

猎鹿季节结束后的第二天傍晚，快乐的、圆圆的、红彤彤的太阳公公已经爬上了紫山后面的床铺。黑暗笼罩了大河。野鸭夫妇正在野生稻米的金黄色茎秆下吃晚餐。他们轮流在泥土里寻找米粒。野鸭太太寻找米粒时，会将屁股翘起来，看起来好像用头站立着似的。同时，野鸭先生站岗，小心提防着可能出现的危险。而野鸭先生埋头寻找米粒的时候，就轮到野鸭太太站岗。

这一幕十分安静祥和。大河上面一丝波澜都没有，实在是太安静了。一英里外农家院子里的狗叫声他们都能听到。他们离河岸有些远了，除了猫头鹰胡提，他们没必要害怕狐狸雷迪或者老郊狼。他们轮流站岗，小心提防的就是猫头鹰胡提。猫头鹰胡提最喜欢在这个时刻捕猎。

没过多久，他们就听到了猫头鹰胡提捕猎时的叫声。声音是从遥远的格林森林里传来的，野鸭夫妇松了口气。他们小声交谈着，觉得至少现在没什么危险。

突然，大河里溅起一个小小的水花，野鸭先生的耳朵非常灵敏，一下子就听到了。野鸭太太从水里露出头的时候，野鸭先生警告她要小心。他们在金黄的根茎下无声地游着，很快，他们可以看到整条大河了。这时，河里又泛起了一朵小小的水花。鱼儿溅不出这种水花；溅出这种水花的东西比鱼儿大得多。现在，那个东西摸着黑游着，水面上划出了一条银线。野鸭夫妇知道，这条银线意味着大河中有人正朝他们游来。会不会是一只载着猎人的船呢？

野鸭夫妇伸长脖子观察着，一旦发现有危险，他们就会挥动有力的翅膀，飞走。但在确定危险之前，他们还不想离开。此刻，他们非常吃惊，因为他们看到一个看起来像树枝的东西朝他们游来。"奇怪，真是奇怪。"野鸭先生这样说着，野鸭太太也这样说着。他们变得越来越警觉了。他们搞不清楚那是什么东西。对于搞不清楚的东西，最好维持警惕。野鸭夫妇半张着翅膀，准备飞走了。

这一幕真的令人难以理解。野鸭先生这样认为，野鸭太太也这样认为。黑暗笼罩的大河里有一个看起来像树枝的东西。如果是漂浮的树枝，应该顺流而下，但这个东西非但没有顺着水流的方向漂走，反而直直地横穿过大河，好像是在游泳。树枝怎么会游泳呢？对野鸭夫妇来说，这太费解了。

于是，他们静静地坐在大河岸边野生稻米的金黄根茎下，紧盯着这个游向他们的奇怪东西。他们做好了飞向空中的准备。一旦发现危险，他们就依靠敏捷的翅膀逃命。但不到万不得已，他们是不会飞走的。实际上，他们非常好奇。他们想弄明白，水里游向他们的那个神秘的东西究竟是什么。

野鸭夫妇看着那个像树枝的东西离他们越来越近。它离得越近，他们就越疑惑、越好奇。如果是在河狸帕迪的池塘，而不是在大河的话，他们会认为那是河狸帕迪正拖着树枝去他的储藏室。但河狸帕迪的池塘远在格林森林的深处，因此，这就变成了一桩"神秘事件"。它离得越近，他们越紧张不安，同时也越发好奇。

最后，野鸭先生感到，为了满足好奇心而在这里等下去，实在不够安全。他已经准备好飞向空中了，野鸭太太也会跟着起飞的。就在那时，他听到一个有趣的、微弱的声音。那是一个半似打喷嚏半似咳嗽的声音，好像有人从鼻子里往外喷水似的。那个声音听起来有点儿熟悉。野鸭先生决定再等一会儿。"我要再等一会儿。"野鸭先生心想,"等到那个东西——不管它是什么东西——从黑暗中出来,暴露在月光下。我有种感觉,我们不会有危险。"

因此,野鸭夫妇继续等待着,观察着。不一会儿,那个像树枝的东西从黑暗中伸了出来,月光照在上面。一瞬间,谜底揭开了:他们发现那是鹿莱特富特的角——他们把鹿角看成了树枝!鹿莱特富特这是要游过大河,返回格林森林的家呢。野鸭夫妇立刻迎上前去。他们告诉他,看到他活着,看到他安然无恙,他们是多么高兴啊!

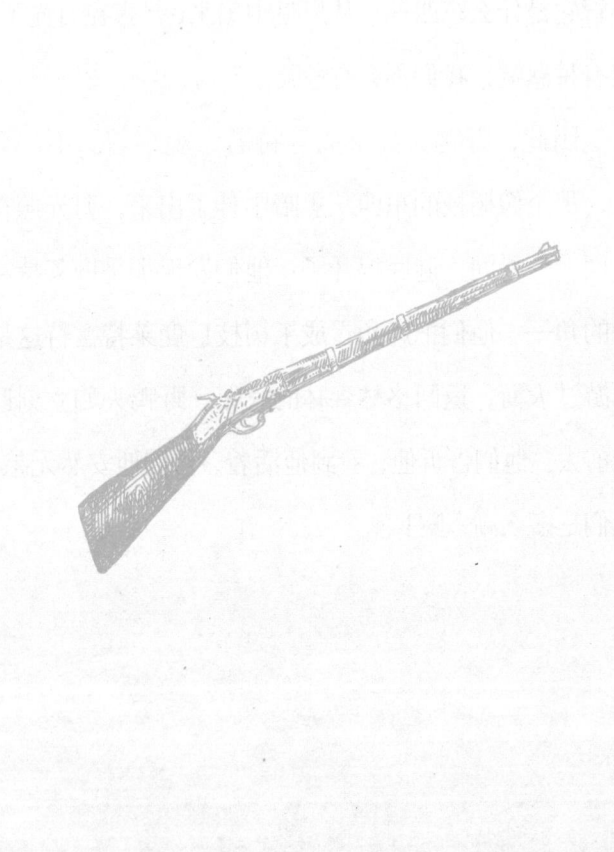

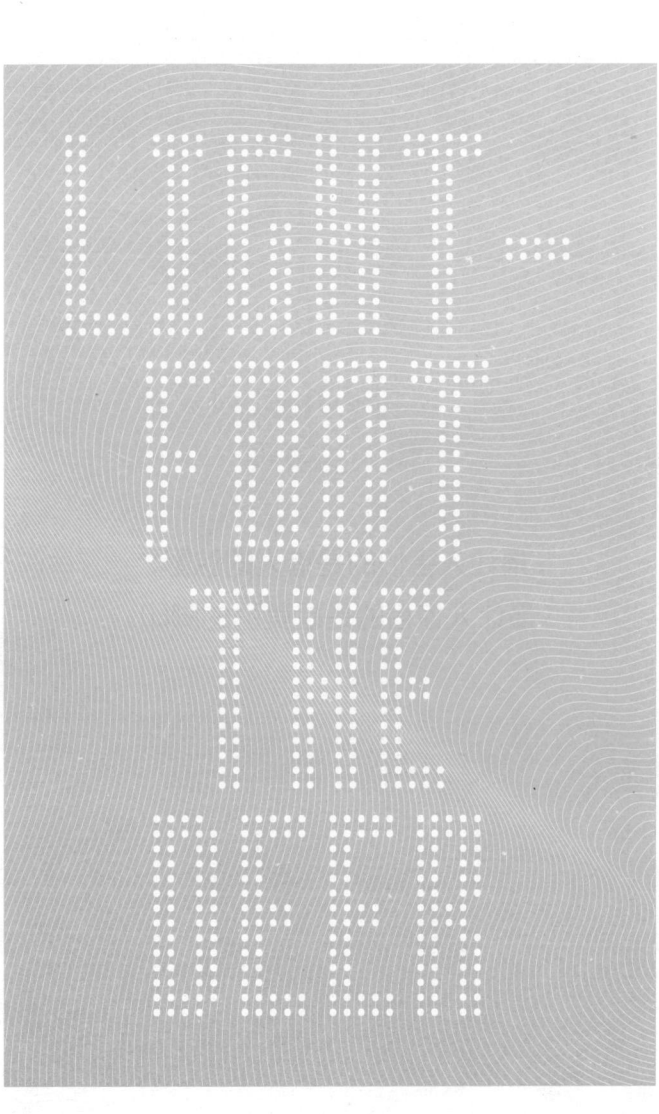

第十八章
惊人的发现

最让人害怕的是猎人的踪影；
最让人惊喜的是是美丽的脚印。

可怕的狩猎季节终于结束。鹿莱特富特回到了亲爱的格林森林,这里再也没什么可怕的了。这个时候,鹿莱特富特也许是世界上最开心的人了。邻居们纷纷赶来看望他,看到他平安无事高兴极了;如果他回不来,格林森林就不是从前的格林森林了。鹿莱特富特不再担惊受怕,他在森林里开心地漫步。对他来说,现在就是最开心的时刻——不仅有许多好吃的,还有那种没有危险、安宁又安全的幸福感。他的皮毛变得光滑,身体变得强壮,相貌比之前更好看了。虽然天越来越冷,但他却感觉越来越舒服。

一天傍晚,他来到哈哈溪。每次来这里喝水,他都去同一个地方,这次也不例外。正要低头喝水时,他看到了一个不可思议的东西。他惊讶得连口渴都忘记了。你猜他看到了什么?松软的土地上有个脚印!

鹿莱特富特站在那里,盯着那个脚印看了很久。他那双温和的大眼睛里充满了惊讶和好奇。那个脚印跟他的特别像,只是小了一些。对鹿莱特富特来说,那个脚印漂亮极了。他十分确定,他从来没有见过如此精致的脚印。他忘记了喝水,开始四处寻找,看看还有没有其他脚印。很快,他就找到了,而且个个都像第一个脚印那般好看。

这些脚印是谁留下的呢?鹿莱特富特很想知道,也很想弄清楚。很明显,格林森林里出现了一个陌生来客。不知怎么的,他一点儿也不讨厌这个陌生来客,甚至还很高兴。虽然他不知道自己怎么了,但他就是这种感觉。

鹿莱特富特把鼻子放在脚印上闻了闻。其实,就算他没有看到这些脚印,他的鼻子也可以告诉他,附近出现了一个陌生来客。他想要弄明白,究竟是谁留下了脚印。他昂起帅气的脑袋仔细地听着,试图捕捉某些细微的声音;那或许能告诉他,陌生来客是否在附近。他用灵敏的鼻子闻着嗅着,看正在漫步的晚风有没有给他带来些散乱驳杂的气味,能不能给他指明要去的方向。但是,没有一点儿声音,晚风也没有带来任何气味。鹿莱特富特跟着那脚印,沿着岸边走着。地面越来越干,脚印逐渐消失了。鹿莱特富特停了下来,不知道该去哪个方向。

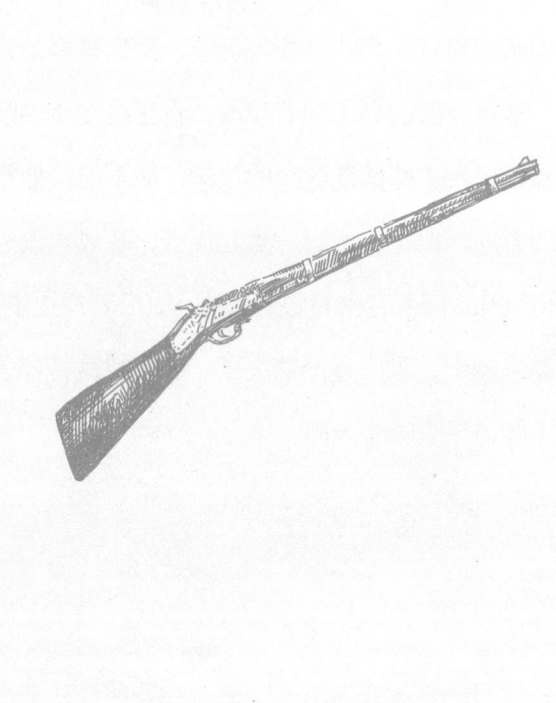

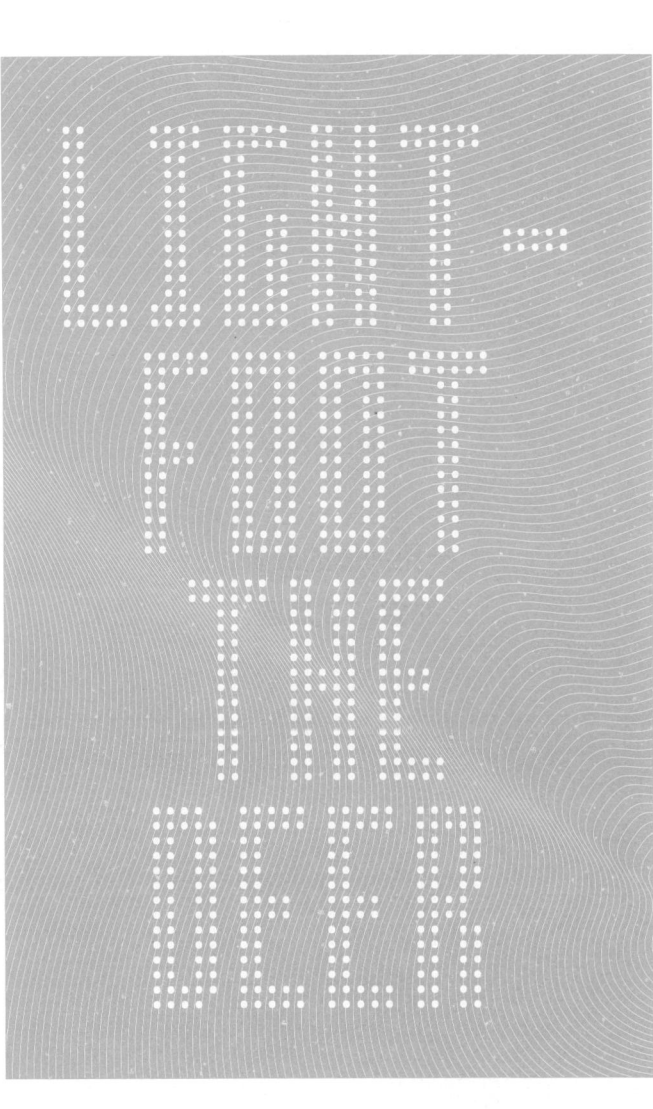

第十九章
灌木丛里的倩影

一见钟情的滋味,
品尝过才知道。

鹿莱特富特感到莫名的、前所未有的开心。辨别过散落在河狸帕迪池塘边和哈哈溪沿岸的脚印后，他确信格林森林里出现了一个陌生来客——他的同类，另外一只鹿。不过，尽管他找遍了能想到的所有地方，还是没能发现这个陌生的来访者。时间已经过去太久，陌生来客出现后就消失了。

然而，在寻找陌生来客的过程中，鹿莱特富特不仅没有生气，反而渴望见到她。鹿莱特富特产生出一种孤单的感觉，这还是生平第一次。于是，他不停地寻找着那个陌生来客，整日闷闷不乐，茶不思、饭不想，心神不宁地游荡着、观察着、聆听着，甚至还要分辨出快乐的小微风带来的每一种气味。但这一切都徒劳无功。

有一天——那是一个他永远难忘的晚上——当他在哈哈溪喝水的时候，一种奇怪的感觉涌上了他的心头，那是一种被人上下打量的感觉。鹿莱特富特抬起帅气的脑袋，敏锐的眼睛捕捉到一个细微的动静。不远处的一丛灌木吸引了他。温柔的月亮婆婆发出的银色光芒照在灌木丛上，一个世界上最美丽的脑袋——至少对鹿莱特富特来说是这样的——从里面露了出来。说实话，那个脑袋上面没有鹿角，还没有鹿莱特富特的脑袋好看呢。鹿莱特富特站在那里，凝视着她，足足有一分钟。一双漂亮又温和的大眼睛也望着他。然后，那个漂亮的脑袋就消失了。

鹿莱特富特奋力一跃，跳过哈哈溪，跑到漂亮脑袋刚刚消失的地方。他过去后，发现已经没了人影。他在灌木丛里疯狂地搜寻着，可还是空无一人。那个漂亮的陌生来客像影子一样，悄无声息地消失了。

那天晚上余下的时间里，鹿莱特富特找遍了整个格林森林，但什么也没找到。他想要找到那个漂亮的陌生来客，这个愿望越强烈，鹿莱特富特就越痛苦。看来如果找不到人家，他就再也高兴不起来了。

鹿莱特富特又一次在格林森林里玩起了捉迷藏，但这次和不久前他玩的那个游戏完全不一样。你应该记得，那次的"游戏"是为了护住性命，并且一直是他在躲着藏着。这一回，躲藏的是别人，是他在寻找藏起来的人。这次也不像上次那样充满恐惧。他现在非常想找到那个天天思念、却只看过一眼的陌生来客，他希望和她做朋友。

有时，鹿莱特富特会发脾气。虽然这是在做蠢事，但他却控制不了自己。他生气地跺脚，用大大的、张开的鹿角戳灌木丛，就好像它们是他的敌人，他正在与它们战斗一样。他不知道的是：他发脾气的时候，有一双大眼睛不止一次温柔地看着他。如果他能看到这双眼睛,看到眼睛中流露的爱慕之情,他就会更加热情地去寻找那个漂亮的陌生来客了。

有时,鹿莱特富特像个影子一样,悄无声息地穿梭在格林森林里。他不时看着灌木丛以及倒下的树丛,希望能吓一吓那个他渴望见到的人。他非常有耐心。后来,他找到一处灌木丛;那个陌生来客几分钟前刚离开,那里还留着她的痕迹。此时的鹿莱特富特失去了耐心,变得烦躁起来。他急切地向前跑去,想要赶上那个害羞的陌生来客,但还是白费工夫。他一直认为自己很聪明,可这个陌生来客比他还厉害。

当然,没过多久,格林森林的小居民们都知道发生了什么事情。他们完全懂得这个捉迷藏的游戏,正如与猎人的那个捉迷藏游戏一样。但现在,与当时全力帮助鹿莱特富特不同的是,他们压根儿就没有向他伸出援手。事实上,他们很享受这个游戏。淘气的松鸦塞米甚至在鹿莱特富特靠近的时候，数次提醒过那个陌生来客。当然，松鸦塞米这么干的时候，鹿莱特富特都能发现，所以每次都气得要死。松鸦塞米以前对他的帮助，现在都抛诸脑后了。

有一次，鹿莱特富特跑着跑着，竟然与大熊巴斯特撞了个满怀。他受不了自己的粗心大意，非但没有跳着跑开，反倒威胁要与大熊巴斯特进行决斗。不过，大熊巴斯特却咧开嘴友好地笑起来。鹿莱特富特见大熊巴斯特这副样子，于是改变了主意，跳了开去，继续去寻找那个陌生来客。

好几次生闷气的时候，鹿莱特富特一遍遍地告诉自己："我再也不想那个陌生来客了。我不会再找她，哪怕只用一分钟。"但不一会儿，他就又开始观察，开始聆听，开始寻找陌生来客留在格林森林里的痕迹了。

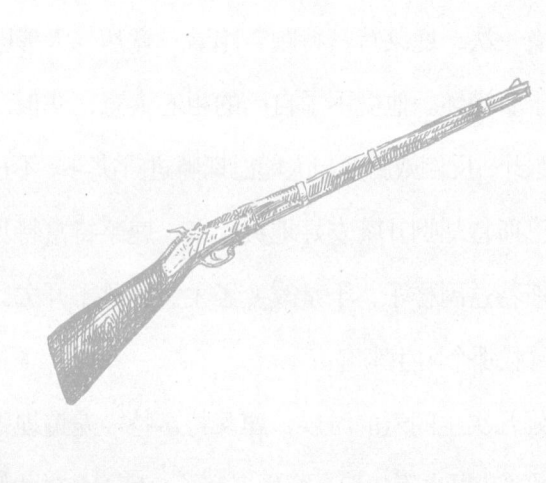

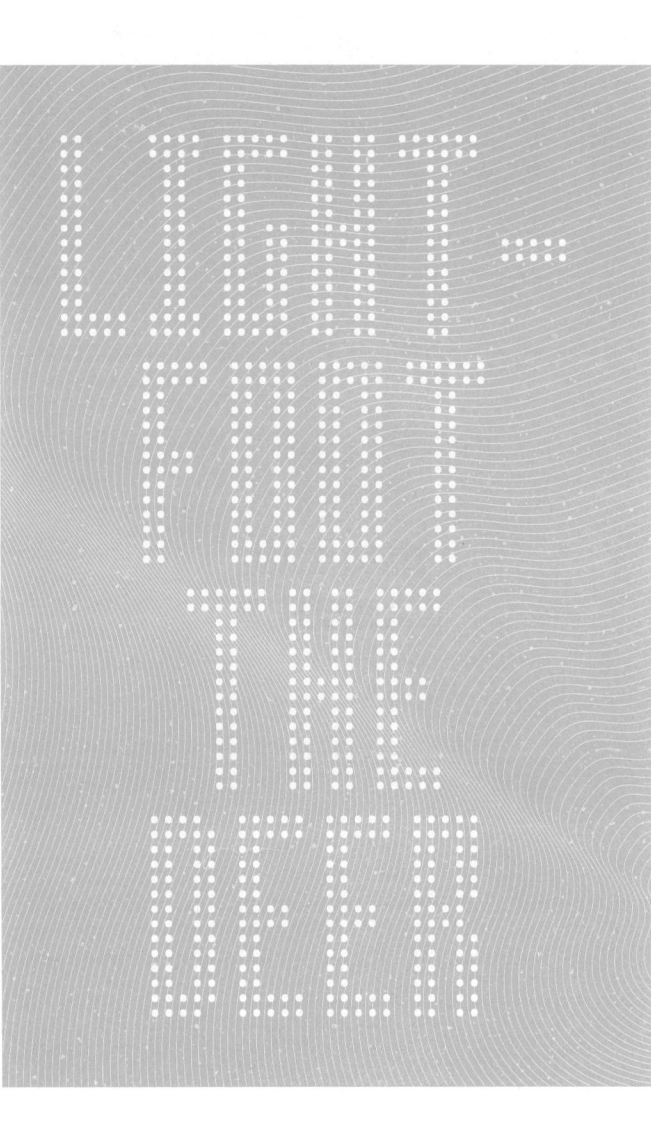

第二十章
情敌

情敌不是仇敌,
但爱情无法分享。

鹿莱特富特与那个漂亮的陌生来客捉迷藏的游戏进行了几天几夜后，鹿莱特富特发现了一些令他意外的东西。当时，他正沿着哈哈溪悄悄地走着，希望能一下子看见那个漂亮的陌生来客在某个地方喝水。不过呢，他并没有看到她。鹿莱特富特想知道她是否来过这里，所以仔细观察着哈哈溪岸边的泥土，看是不是有一些新脚印。他马上就有了发现，但那不是他要寻找的那种娇小的脚印——眼前的脚印和他自己的差不多大！而且，这些脚印是不久前刚留下的。

鹿莱特富特非常意外，立刻意识到这是怎么回事了——又有一个陌生人来到了格林森林，而且是一个和他一样长着鹿角的陌生人。鹿莱特富特心里生出了妒意,妒忌的心令他勃然大怒。"他是到这里寻找那个漂亮的陌生来客的。"鹿莱特富特心想,"他想要把她从我身边抢走。格林森林是我的格林森林,在这里,他没有资格这样做。他从大山来,就应该回到大山那里去。除了大山,他不可能来自其他地方。那个漂亮的陌生来客也肯定是从那儿来的。我想让她留下来,但我一定要赶走另一个家伙。我要和他决斗。我不怕他,我要让他怕我。"

鹿莱特富特跺着脚,用大大的鹿角戳着灌木丛,好像灌木丛就是他要寻找的情敌一样。此时此刻,如果你仔细看他的那双大眼睛,你会发现温柔和漂亮已经与它们丝毫不沾边了。现在,那双眼睛气得几乎要喷出火来。鹿莱特富特浑身颤抖,脖子后面的毛都立了起来。现在的他看起来一点儿也不像个绅士。

他冲着那些既无辜又无助的灌木丛发泄完怨气后,

就将自己的脑袋高高地仰到空中,愤怒地喊着,久久不息。然后,他越过哈哈溪,再一次在格林森林中寻找起来。但这次,他不是为了寻找那个有着娇小脚印的漂亮陌生来客,他现在没有时间去想她了。他必须找到另一个刚刚到来的陌生人,这件事刻不容缓。

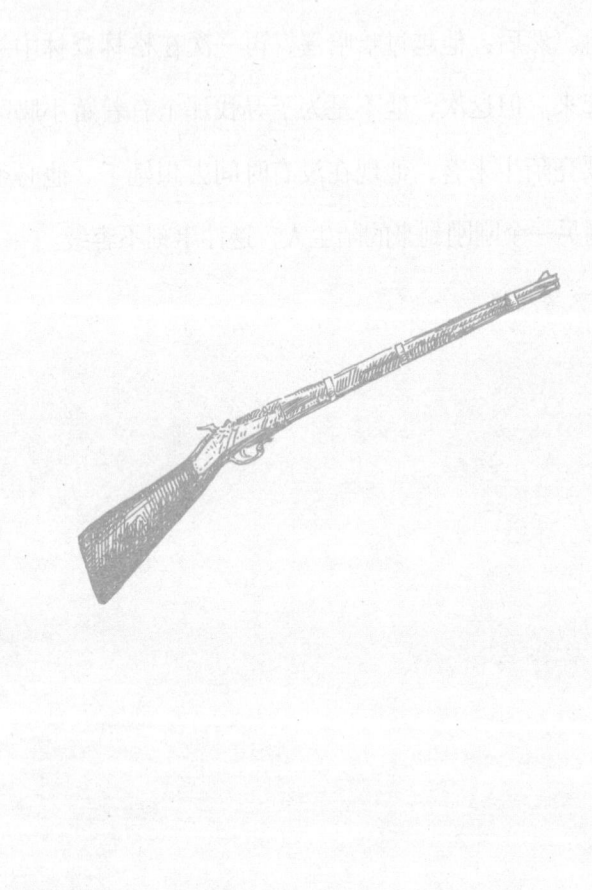

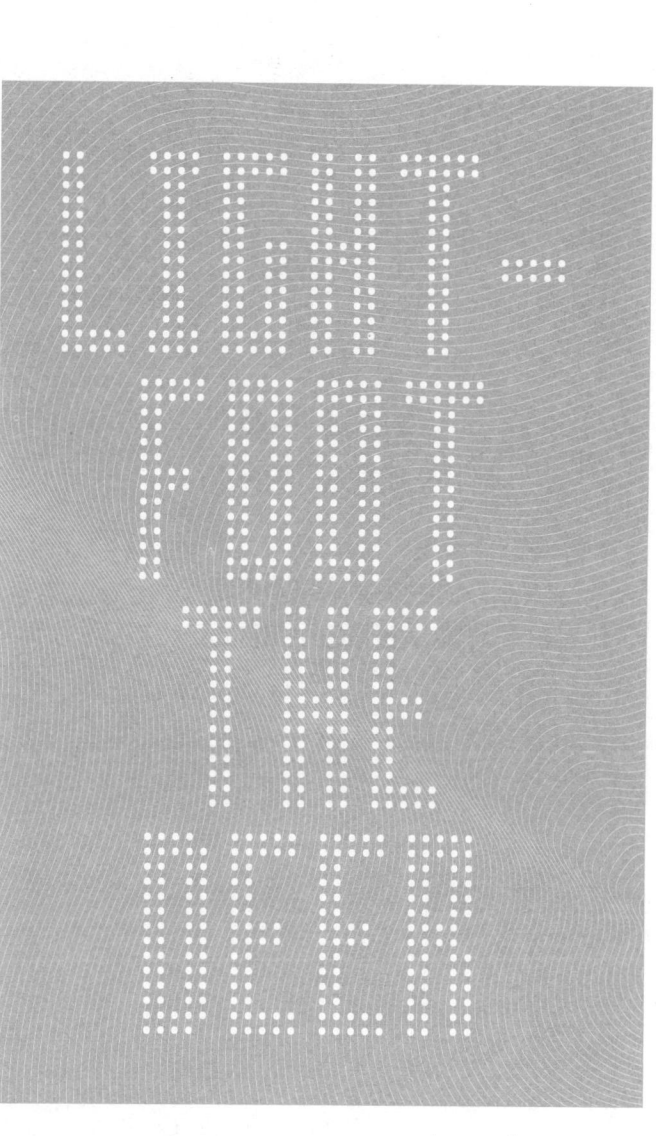

第二十一章
松鸦塞米传消息

生死之交的朋友，
可能是多嘴多舌的损友。

鹿莱特富特开始在格林森林搜寻另一个陌生人。他已经不需要顾忌什么了,不再像个灰色的影子一样蹑手蹑脚地从一处灌木走到另一处;小心寻找那个留下娇小脚印的漂亮陌生来客的事儿,已经被他抛到了脑后。他一路蹦跳着,无论弄出多大声响都不放在心上。他不时停下来吹起挑衅的口哨,用自己的角撞树,还使劲地跺着脚。

发泄完怒气,他会停下来仔细聆听,希望听到有人告诉他那个陌生人在什么地方。他时不时会看到陌生人的足迹。经过一番分析,他发现这个陌生人就像他一样,也想找到那个有着娇小脚印的漂亮陌生来客。

每次鹿莱特富特看到这些脚印，他的怒火便要多上几分。

其实，松鸦塞米没有花费太多时间就知道发生了什么，他的那双眼睛太犀利，要躲过它们可不容易。松鸦塞米很快就注意到了从大山来到格林森林的那位漂亮来客与鹿莱特富特之间的捉迷藏游戏。另外那个体型庞大的陌生人在哈哈溪喝水的时候，正巧松鸦塞米也在那里。这次松鸦塞米没有喊叫，心想："要是鹿莱特富特发现这个家伙，那可就热闹了。如果他们碰到，我感觉他们会——决斗！决斗肯定很精彩，值得一看。现在，我要把这个消息传出去。"

于是，松鸦塞米找到了他的表兄乌鸦布雷奇，把自己看见的一切一股脑儿地告诉了布雷奇。松鸦塞米又找到浣熊博比，并告知了同样的内容。松鸦塞米看到负鼠比利叔叔坐在空心树前，于是把内容又说了一遍。松鸦塞米发现野兔跳跳坐在一棵小铁杉树下，也给他说了这件事情。然后，松鸦塞米飞到可爱的野蔷薇丛，把这件事说给了兔子彼得听。他还告诉了老果园里的啄木鸟德鲁默、山雀汤米和五子雀扬克。所有人听完后立即往格林森林赶去。他们都想赶上鹿莱特富特和那个大个子陌生人的会面——那绝对精彩绝伦，不容错过。

当然，松鸦塞米没有忘记告诉河狸帕迪。但对河狸帕迪来说，这已经不是什么新闻了。早在那天晚上，河狸帕迪就在池塘边见过那个体型庞大的陌生人了。

当然，鹿莱特富特对这一切一无所知。他唯一的心思就是找到大个子陌生人，然后把他赶出格林森林。鹿莱特富特就这样继续不知疲倦地搜寻着。

格林森林里，松鸦塞米在鹿莱特富特身后兴奋地飞着。他激动不已，好几次都想高声尖叫，但还是强忍了下来，一声都没吭。他可不想让鹿莱特富特发现有人跟踪。松鸦塞米的小脑瓜里藏的可都是智慧啊。

没过多久，他就发现，鹿莱特富特寻找的那个陌生人一直躲着他，而鹿莱特富特一直都用那种不经大脑的方式胡打乱撞。这样一来，对那个陌生人来说，要躲开鹿莱特富特并不困难。鹿莱特富特闹出的动静太大了，大个子陌生人很容易就能确定他的位置，然后躲开，不让鹿莱特富特看到。"那个陌生人几乎和鹿莱特富特一样高大。但是很明显，他不想打架。"松鸦塞米心想，"他一定是个懦夫。"

事实上，这个陌生人不是懦夫。如果非要打一架，他已经准备好了。不过，如果能避免，就尽量避免。尽管他体型很大，但还是比不上鹿莱特富特，他自己深知这一点。他见过鹿莱特富特的大脚印，确信鹿莱特富特的体型比他大，体重也超过了他。他知道，他没有权利待在格林森林。格林森林属于鹿莱特富特，而他是个外来者。他很清楚鹿莱特富特是这么想的，并且这种想法会驱使鹿莱特富特不惜代价打上一架。

所以，如果可能的话，他想避免他们之间的战斗。但他依然执着地寻找那个陌生来客，而这个陌生来客正是鹿莱特富特一直在寻找的，她的脚印娇小，长相甜美。他想要找到她的心情，和鹿莱特富特一样迫切。并且他下定决心，就算鹿莱特富特先找到她，他仍要带她回大山，甚至为她不惜一战。但不到万不得已，他不想战斗，还是躲开为好。于是，他就一边躲着鹿莱特富特，一边寻找着那个漂亮的来客。

这些都被松鸦塞米猜了个八九不离十。跟着鹿莱特富特飞了一会儿，什么收获都没有，他就不想再跟了。他喃喃自语道："看来我得插上一杠子，要不然鹿莱特富特永远也找不到那个陌生人。"

于是，松鸦塞米不再跟踪鹿莱特富特，而是开始在格林森林里寻找那个陌生人，没过多久就找到了。那个陌生人在河狸帕迪的池塘附近。松鸦塞米马上扯着嗓子大喊起来。很快，河狸帕迪池塘后面的小山顶传来树枝折断的声音。松鸦塞米知道,鹿莱特富特已经听到了自己的叫喊声,也明白了叫喊声的意思。

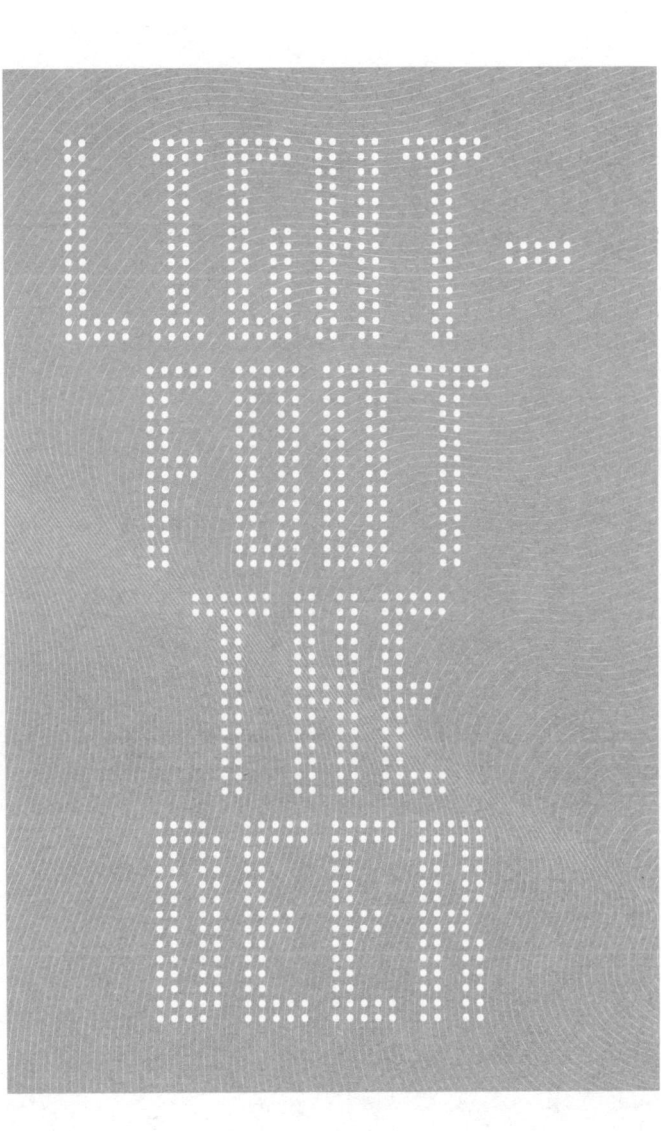

第二十二章
决斗

鲁莽不该有,
勇气不可少。

眼里喷着怒火的鹿莱特富特，从河狸帕迪池塘后面的小山顶上冲了下来。他已经听懂了松鸦塞米的叫声——他一直在找的陌生人，就在下面的某个地方。

那个陌生人和鹿莱特富特一样，也明白松鸦塞米的喊叫意味着什么，如果现在逃跑，他就成了懦夫。以后在那位漂亮的娇娇小姐面前，他将永远抬不起头来。娇娇小姐正是他一直寻找的那个漂亮来客的名字。因此，他没有退路，只能战斗，而且必须战斗。就如鹿莱特富特脖子后面的毛一样，他脖子后面的毛也竖了起来，眼睛里喷着怒火。他跳到池塘边上的一小块空地里，等着鹿莱特富特的到来。

这时，松鸦塞米兴奋地飞着，扯着嗓子喊道："打架了！打架了！打架了！"格林森林另一边的乌鸦布雷奇，听到他的声音后也大喊大叫着赶到了河狸帕迪的池塘。凡是听到消息的人都急急忙忙赶了过来。浣熊博比和负鼠比利叔叔爬到了树上。树上不仅视野开阔，而且还非常安全。水貂比利在河狸帕迪的水坝上找了一个稳妥的地方。河狸帕迪爬上池塘中自己家的屋顶。兔子彼得和野兔跳跳，碰巧也离这儿不远，他们飞快地赶到一片小铁杉树丛下。大熊巴斯特慢吞吞走下山，在池塘的另一边观望。狐狸雷迪和狐狸奶奶也赶到了。

鹿莱特富特和那个陌生人一动不动地面对面站着，互相瞪着对方。他们似乎已经对峙了好长一段时间，但其实只有一分钟。随后，他们低下头，走上前，脑袋顶在了一起，还愤怒地打着响鼻。鹿角碰撞的声音响彻了整个格林森林。接着，双方都跪在了地上，互相抵着,推搡着,挣扎着。不一会儿,鹿角分开了,他们各自后退了几步,准备重复刚才的争斗。人们都说,这是一场激烈的战斗。如果人们之前不知道鹿角的用处,那么现在可都明白了。这时,那个陌生人瞅准机会,用尖角撞击鹿莱特富特脖子的右侧,鹿莱特富特灰色的皮毛被划开了一道长长的口子。于是,鹿莱特富特开始更加勇猛地攻击对方。

有时,他俩跳起来,互相踢着对方。双方来回碰撞,地面都被践踏得一团糟。他俩上气不接下气,不时停下来歇上一会儿,随后又凶猛地打作一团。格林森林里从来没有发生过如此惨烈的战斗。

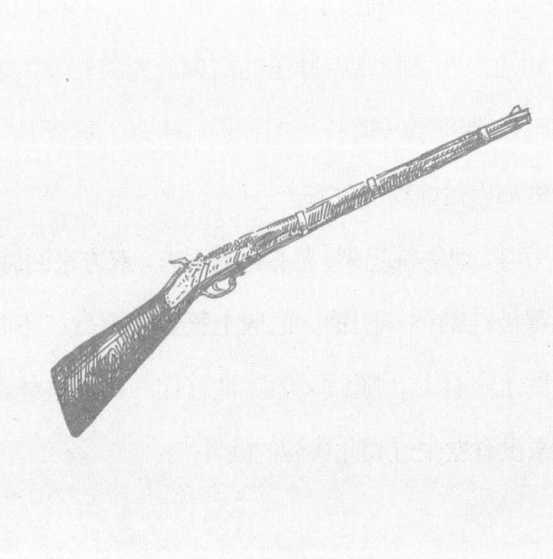

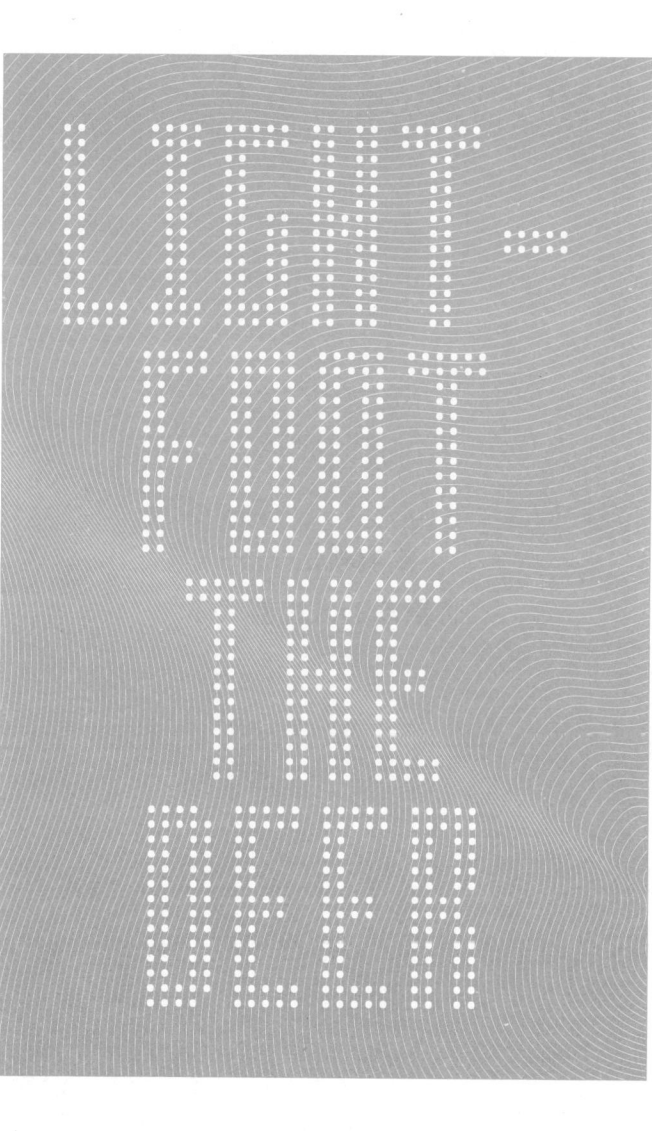

第二十三章
收获爱情

爱情就是——
你喜欢的人也喜欢你

站在池塘边的空地上的鹿莱特富特，真的是帅气极了。格林森林里的邻居们都祝贺他，他自豪地晃着脑袋。大家有目共睹，他赢得了那场激烈的战斗。娇娇小姐从藏身的灌木丛里看到了整个战斗过程，对她来说，鹿莱特富特是格林森林里最棒的。她爱慕他，正如鹿莱特富特爱慕她一样。

不过，鹿莱特富特对这一切一无所知。事实上，他根本不知道娇娇小姐就在附近。当时他只想赶走那个来自大山的陌生人。他非常妒忌那个陌生人，尽管他不知道那个陌生人其实也非常妒忌他。他之所以那么愤怒、那么想战斗，是因为他害怕那个陌生人会找到并带走他的娇娇小姐。没错,这就是妒忌。

现在,激烈的战斗已经结束。那个陌生人已经狼狈地逃回大山了,鹿莱特富特彻底解气了。此刻,他只想找到娇娇小姐。他的大眼睛又变得温和、漂亮起来,但眼神却是忧郁和伤感的。鹿莱特富特走到水边,口干舌燥的他开始喝水。喝完水,他转过身,打算继续寻找漂亮的娇娇小姐。

当他转过身,面向娇娇小姐藏身的那个灌木丛时,敏锐的眼睛捕捉到了树枝的轻微晃动,一个漂亮的脑袋露了出来。接着,鹿莱特富特再次看到了那双温柔的眼睛,他确信那是世界上最漂亮的眼睛。她会不会像上次那样一见他就跑掉呢?

鹿莱特富特向前走了几步,她却后退了一下。鹿莱特富特的心沉了下来。他向前一跳,进入灌木丛里面。他已经不抱任何希望了,她可能已经走了。没想到的是,他竟然收获了一生中最美好的惊喜时刻——娇娇小姐正羞怯而腼腆地站在那儿。她那流露着爱慕之情的眼神，鹿莱特富特是不会误解的。就在那一刻，鹿莱特富特明白了——发现陌生来客足迹时的激动心情，还有一直促使他寻找她的动力，就是爱啊。鹿莱特富特爱娇娇小姐。看着她温柔的眼睛，他知道娇娇小姐也一样爱他。

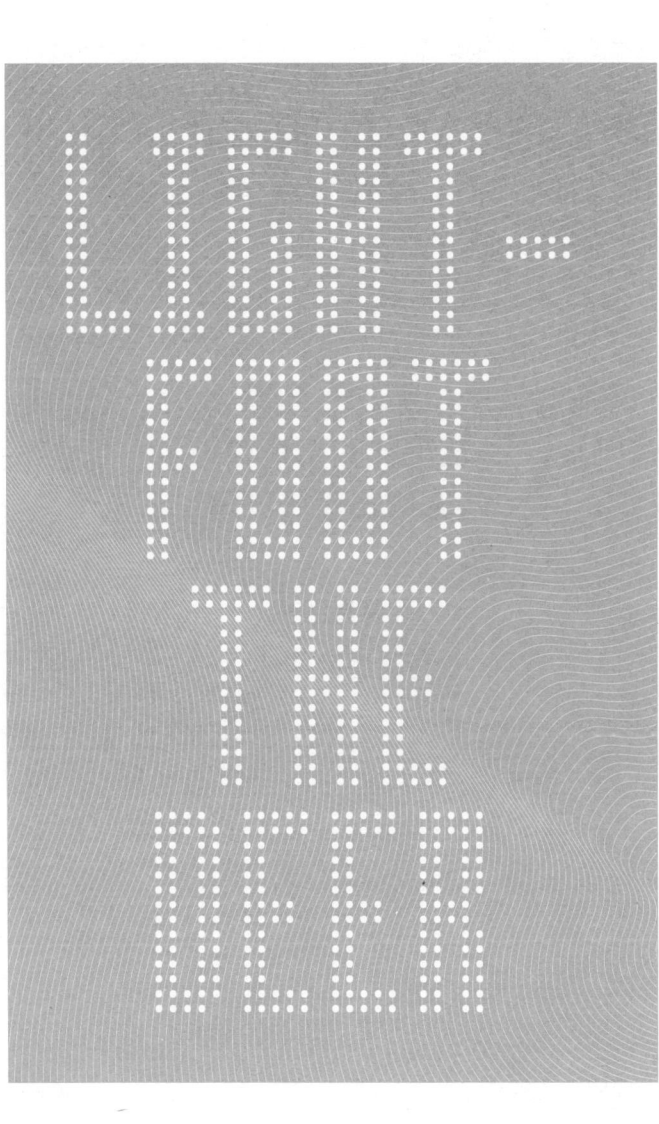

第二十四章
最糟糕的事情有时
会变成最美好的事情

就算是敌人,
有时也会帮你。

这些天，幸福和快乐笼罩了整个格林森林，这里的小居民都为鹿莱特富特感到由衷的高兴。鹿莱特富特感觉这是他一生中最开心的一段日子。他已经赢得了漂亮的、苗条的、年轻的娇娇小姐的芳心。现在，她不再是娇娇小姐，而是鹿莱特富特太太了。鹿莱特富特确信她就是世界上最漂亮的那个姑娘。鹿莱特富特太太也知道，世界上再没有和她丈夫一样英俊、勇敢的小伙子了。

无论鹿莱特富特去哪儿，鹿莱特富特太太都跟着他。所有他喜爱的藏身之处，他都带着她看了个遍。凡是他常吃饭的地方，他也带她一个一个去过了。鹿莱特富特太太没有告诉他，其实每一个地方她都很熟悉；她也像他一样了解格林森林。如果鹿莱特富特静下来想一想，之前他日复一日地追她的时候，鹿莱特富特太太每次都设法避开了他，他就会意识到，很少有地方是她不知道的呢。但鹿莱特富特根本没有想到这一点，而是自豪地带她去了一个又一个地方。而鹿莱特富特太太呢，对于看到的一切，她聪明地展示了她的欣喜之情，就像她从未来过这些地方一样。

格林森林里的小居民纷纷赶来向鹿莱特富特太太道喜。他们告诉鹿莱特富特，他们都为他感到开心。事实上，他们真的很开心。他们都很爱鹿莱特富特。他们知道，现在鹿莱特富特比之前更幸福了，他不会再因为孤单而离开格林森林了。如果格林森林没有了鹿莱特富特，就不再是格林森林了。

鹿莱特富特对太太说，在狩猎的季节，他过得多么恓惶，而当她出现在格林森林时，他又过得多么开心。

他甚至告诉她,带着可怕猎枪的猎人是怎样不让他休息片刻,以及他是如何摆脱猎犬后游过大河的。

鹿莱特富特太太温柔地说:"我知道。我知道这儿所有的一切。大山里也有猎人,所以我碰巧进了格林森林。他们在那儿整天追我,我不敢在那儿待了,所以我才来到这里,想着这里的猎人可能会少一些。我从没因为什么事向猎人表达过谢意,但现在我真的感谢他们,真的非常感谢他们。"

鹿莱特富特脸上露出了困惑的表情。他问道:"为什么?如果有人会因为什么事感谢猎人,那我真的无法想象。"

鹿莱特富特太太喊道:"噢,你个傻瓜。难道你不明白,要不是我被猎人赶下大山,我就永远不会遇到你!"

鹿莱特富特大声说:"你的意思是说,我也会永远遇不到你了!那么,与你相比,我猜我欠猎人的更多,是他们给了我今生最大的幸福。只是我从来没有想到这一点。有时候,看起来最糟糕的事情,也会变成最美好的事情。这是不是很奇妙呀?"

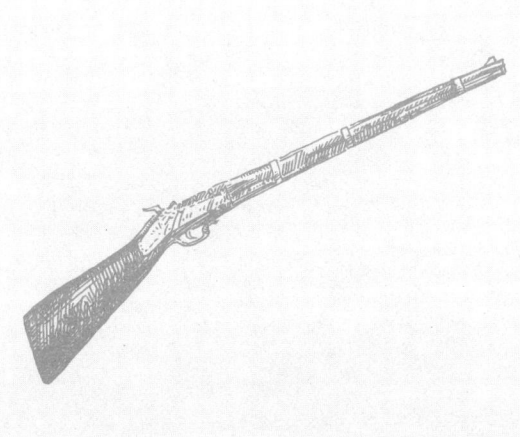